笑ってる場合かヒゲ

水曜どうでしょう的思考

1

藤村忠寿

笑ってる場合かヒゲ　水曜どうでしょう的思考　1

目次

二〇一四年

二〇一五年

二〇一六年

笑ってる場合かヒゲ

水曜どうでしょう的思考

1

2014年

視点を変えれば笑えることも

「笑ってる場合かヒゲ」って、「水曜どうでしょう」のロケ中に大泉洋《おおいずみよう》から何度か言われたことのあるセリフです。

いやもう笑っちゃうんですよ、危機的な状況の中でも。

たとえばアラスカのユーコン川をカヌーで下ったとき。大泉さんの乗ったカヌーが流木に激突しそうになって。水温が低くて落ちたら十秒で死ぬみたいなことをガイドに言われてたもんですから、そりゃもう「危ない危ない！　漕いで漕いで！」って、必死に声をかけてたんですけど、あっけなく激突しちゃって。

でも、僕から見たら転覆しそうなほど危険じゃなかったんですよね。よかったよかったと思って大泉さんを見たら、もう必死の形相でこっちを見てて。その顔見たら

「ぶはははは！」って笑っちゃって。

　原付きバイクで旅をしてたときは、大泉さんがスロットル全開で急発進しちゃって。前輪が浮いたウィリー状態で目の前にあった『安全第一』って書いてある工事用の柵に突っ込んでいったんですよ。

　そのときも「うははははは！　どうしました？　大泉さん」って、まず爆笑しちゃって。

　そりゃ当事者の大泉さんからしたら「笑ってる場合かヒゲ！」ってことなんですけど、僕から見たらちょっと当たっただけなんですよ。でも、当事者は「死ぬかと思った」って青ざめてて。その状況がもう笑っちゃうんですよね。

　大泉さんはそんな僕を見て、「キミはあれだろ、危険な状況を笑いで薄めようとしてるんだろ」って言ったことがあるんだけど、確かにそんな気持ちが僕の中にあるのかもしれません。

「大丈夫？　怖かった？」って、当事者の気持ちに寄り添うよりも、いっそ笑い飛ばしてやった方が気がラクになることもあるだろうって。

　でもね、なんだか今の時代、そうやってひとりだけ笑っている人間がいたら、反感を買ってしまうことの方が多いような気がするんです。

「こんなときに笑ってる場合か！」って、怒る人がとても多くなっているような気がします。

みんなと一緒に、みんなで寄り添って、みんなが同じ気持ちを共有してないと「不謹慎だ」って怒られそうな雰囲気が満ちているような気がします。

でも、そんな社会が、みんな実は息苦しいんじゃないかって僕には思えます。

危機的状況だって違う視点から見れば笑えることもある。その一方で、みんながもう安心だって笑って済ませていることも、視点を変えればとても危ない状況だったりする。

「笑ってる場合か！」ってみんなに怒られても、僕は自分の視点で社会を見ていたいと思っています。

（六月五日）

動物園と似ている番組作り

「旭山動物園」と「水曜どうでしょう」って、実はよく似たところがあると思ってるんです。

動物園って、珍しい動物を集めることばかりに躍起になっていたと思うんですよね。「パンダさえいれば入場者は増える」「パンダがダメならコアラだ」と。

でも、地方の動物園にそんなお金はないじゃないですか。そんなときに「お金がないからね、とりあえず今までどおりにやるしかないでしょう」で済ます人が六割。「お金がないならなんとかしましょうよ！　パンダやコアラは無理でもなんかいるでしょう！　珍しくてかわいいやつ！」みたいな計画性のない意気込みを見せる人が三割。

そして、残る一割の中に耳を傾けるべき意見があったりします。

「じゃ、毎日花火とか上げたらいいんじゃないすか」（動物びっくりするだろ！）みたいな耳を疑うような意見もあったりしますけど、中に「今いる動物でも十分に見ていて楽しいですよ」なんてことを言う飼育員がいたりする。

「アザラシが泳ぐ姿ってカッコいいんですよ」「ヘビだって近くで見たら案外かわいいし」「キミねぇ、飼育員だから近くで見たりできるけど、お客さんは檻の向こうから見てるんだよ」「じゃぁ、檻をなくせばいいじゃないですか」「なにを言ってるんだキミは」「いや、つまり見せ方を変えればいいと思うんですよ」「キミ簡単に言うけどね」「簡単に言ってるんじゃないんです！　現実的にパンダやコアラが無理なんだから、今いる動物たちでお客さんに楽しんでもらう方法を真剣に考えましょうって言ってるんです！」

まぁあくまでもこれは僕の想像なんだけど、でもそうやって旭山動物園は、四角いコンクリートの檻から動物たちを解き放ち、生き生きとした生態を見せる展示方法に変えていったんじゃないかと思うんです。

テレビの世界もまったく同じで、視聴率を取るために人気タレントを集めることばかりにみんなが躍起になっていて。

　そんな中で「水曜どうでしょう」は、北海道にひっそりと生息していた大泉洋と鈴《すず》井《い》貴之《たかゆき》を、外の世界に引きずり出して、彼らが怒ったり笑ったりする姿を生々しく見せた、つまり行動展示なんですよね。

　地方が東京のやり方を目指そうとすれば、必ずどこかで壁にぶち当たります。その壁を前にして「やはり地方では無理なんだ」と当たり前のことを言い、「でもがんばりましたよ」となぐさめ合うのが地方の典型的な姿です。でも、最初から東京と発想が違えば、東京の尺度にとらわれることもなくなります。

「水曜どうでしょう」は今、視聴率という尺度に一喜一憂することなく、自分たちのペースで番組を作り続けています。「旭山動物園」も今や「入場者数日本一！」なんかではなく、世界的な動物の保全に目を向けています。

　僕はその広い視野を、同じく北海道を本拠地にする者として、とても誇りに思うんです。

（六月十九日）

見たままのアフリカ、延々と

昨年の四月、「水曜どうでしょう」のロケで、初めてアフリカに行きました。アフリカといえば赤茶けた乾いた大地と、そこで繰り広げられる野生動物たちの弱肉強食の姿がすぐに思い浮かびます。ヌーの大群が命懸けで川を渡る、チーターが子鹿を襲う、ゾウの親子が水を求めてサバンナをさまよう、みたいなね。

でも、アフリカに行って、その先入観は見事に裏切られました。アフリカの大地はどこまでも美しい緑で覆われ、水は豊かで、動物たちは楽しそうに草原を駆け回って、そこはまさに楽園でした。

僕らが訪れた四月は雨季。雨が降ると川が氾濫《はんらん》して観光ルートが遮断される、草が伸びて動物が見えにくいという理由で、観光のオフシーズンでした。

テレビの取材でも、道路が水没して予定していた所に行けない、動物が発見できない、というのは致命的なことです。だから取材は通常、乾季のハイシーズンに行われます。

そうなればおのずとテレビで見るアフリカは、常に乾いた大地で、常に動物たちが水とエサを求めて必死に歩き回り、弱者は容赦なく餌食になるようなセンセーショナルな映像が映し出される、ということになります。

僕自身、子供のころからそんな映像を見続けていたから、実際にアフリカに行って驚いたんです。野生動物は実に平和でのんびり暮らしているじゃないかって。

もちろん乾季になれば動物たちは厳しい環境に置かれるんだろうけれど、でもそれは、一時の姿でしかないんです。

僕らは、周り一面青々と草が茂り、とてつもなく美しい風景の中で、動物たちがのんびりと暮らすアフリカを車で移動し続けました。

でも三日目になると、そんな平和な動物たちの姿に飽きてしまったんですよね。テレビで見たような、ヌーが命懸けで川を渡る姿は見られないのか、やせこけたゾウの親子はいないのか、動物たちが殺し合う場面は見られないのかって。

テレビは、常に視聴者を飽きさせないように工夫します。その一番手っ取り早い方法は、センセーショナルな映像を見せつけることです。「かわいそう」「悲惨だ」「心配だ」という感情が沸き立てば、視聴者はテレビに釘付けになります。平和でのんびりとした暮らしがトップニュースになることはありません。

昨年放送した「水曜どうでしょう」のアフリカ編は、のんびりとした動物たちの姿を延々と映し、それを見て飽きてしまう僕らのやり取りを流し続けました。テレビとしては間延びした映像ですが、でもそれが、僕らが見たアフリカの本当の姿でした。

日本に帰って久しぶりにニュースを見たら、相変わらず死亡事故や殺人がトップで報じられていました。もしアフリカの野生動物たちがこれを見たら、よっぽど人間の方が厳しい環境で生きていると思うでしょうね。ほとんどの人間は、平和にのんびり暮らしているんですけどね。

（七月三日）

べらぼーな値段、楽園を守る

今回も「水曜どうでしょう」でアフリカに行った時の話を。

僕らが訪れたタンザニアのセレンゲティ国立公園は、世界的に有名な野生動物の宝庫です。その面積は四国よりも広大。でも中に宿泊施設は十カ所ほどしかありません。そのひとつ「ムブジ・モエ・テンティッド・キャンプ」に僕らは泊まりました。

その名の通りキャンプ施設です。敷地内には大きな岩山があって、取り囲むようにテントが点在しています。

テントとはいえ中にはシャワーも水洗トイレもあって、キングサイズのベッドが二つドーンと置かれています。高級ホテルの部屋と全く同じ。ロビーやレストランは岩山をくりぬいて作られ、これまた高級感にあふれています。食事はビシッとフルコース。

つまり、テントであることを除けば完全なる高級ホテルです。お値段は季節で変わりますが、ひとり一泊五万~十万円ほど。めちゃくちゃ高いです。

「いくらなんでもテントでこの値段は高過ぎる!」「なんでちゃんとしたホテルを建てないんだ」とも思いましたが、なるべく自然にダメージを与えず、景観を壊さない、それが近代的なホテルを建てない理由でした。

宿泊施設が少なく、値段もべらぼーに高い、となれば公園内に入れる人間の数はおのずと制限されます。言ってしまえば、お金持ちしか入れない。でも、そうやって野生動物の楽園は守られていたんです。

ヨーロッパの国々は、その昔アフリカを植民地化し、一部の特権的な人々だけがアフリカの雄大な自然を楽しんでいました。そんな歴史的な面影を、僕は豪華なテントに見た思いがしました。

でも結局のところ、そんなヨーロッパの特権階級による支配的な思想が、今でもアフリカに美しい自然を残している。それが良いことなのかどうか、僕にはよくわかりません。

だって、日本人には「そこにある自然はみんなのもの」という意識があり、なるべく多くの人が気軽に楽しめるようにと考えます。これは、世界に誇るべき日本人の美徳です。

でも一方で、そのために団体客も泊まれるような巨大なコンクリートのホテルを自然の中に建て、プレハブの土産物屋をズラリと並べ、そうやって日本人は、いつのまにか自然を眺めるよりも、土産物屋を眺める時間の方が長くなってしまいました。「自然はみんなのもの」という意識が「みんなのものなんだから、自然を利用してお金を稼ぐのも当然の権利」という意識を生み出してしまったのです。

これはもう、アフリカの密猟団が「ゾウは我々のものであり、象牙を取るのは当然の権利」と言っているのと思想的にはたいして変わらないように思うのです。

日本人の「自然はみんなのもの」という考えは、正しくは「自然は誰のものでもない」という意味であって、そこには「自然は自然に帰すべきもの」という思想があることを、忘れてはいけないと思います。

（七月十七日）

欽ちゃんの最高の褒め言葉

先日、萩本欽一《はぎもときんいち》さんと一緒に食事をする機会があったんです。あの「欽ちゃん」ですよ。「今テレビでおもしろいことをやっている人と話をしたい」ということで、「それなら藤村くんたちでしょう」と、ある人が僕と嬉野《うれしの》さんを紹介してくれたんです。

東京のとあるスペイン料理店でね、僕らは待っていたんです、欽ちゃんの登場を。やがてカランとドアが開いて、欽ちゃんがふらりと入ってきたんです。ニコニコしながらね。

「あっ！　初めまして！　お待ちしておりましたっ！」と、僕はもうザッと立ち上がって挨拶《あいさつ》したんですよ。

そしたら「ハハハハハ！」って笑いながら「あー！　この声聞いたよー」って、僕のことを指さして言うんです。

「ウチの番組知ってるんですか?」って聞いたら、いきなり「キミたちはさぁーテレビのこと本当に好きなんでしょー、それがさぁー番組見てたらわかるんだよねぇー」って言ってくれて。それでもうとにかくうれしくなっちゃって、いきなり「欽ちゃん! ありがとうございますッ!」って言っちゃって。

実は、事前に「遠慮せずに『欽ちゃん』と呼んでください」って言われてたんです。とはいえ、「いくらなんでも初対面で大先輩に向かって『欽ちゃん』は無理ですよ!」って思ってたんですよ。

でもね、会った瞬間から思わず「欽ちゃん!」って言ってしまうような雰囲気があったんです。だって、目の前に現れたのは、僕が子供のころから見ていた「欽ちゃん」そのものだったから。

聞けば欽ちゃんは、たまたまチャンネルをザッピングしてて「水曜どうでしょう」を見たことがあったらしいのです。「なんだろうコレ?」と気にはなっていたと。「北海道におもしろい番組がある」という噂《うわさ》もチラッとは聞いていたと。

そして今回、僕らと会うことになって初めてDVDをちゃんと見て「あー! この番組かぁ！」って、ようやくすべてがつながったらしいのです。その感想が冒頭の「キミたちはテレビのこと本当に好きなんでしょー」っていう言葉で、それはテレビマンにとっては最高の褒め言葉で。

そして欽ちゃんは席につくなり「あの番組はさぁースタッフと出演者が信頼し合ってるのがわかるんだよねー」「あの番組はさぁー勇気があるんだよねー」「あの番組はさぁー東京の笑いなんだよねー」と続けざまに「水曜どうでしょう」の本質を突いた言葉を簡潔に語ってくれて。

それから僕はずっと欽ちゃんの隣で話を聞いて、バカ笑いをして、欽ちゃんは僕の隣で身ぶり手ぶりを交えながら、ほとんど食事にも手を付けず、ウーロン茶二杯だけでなんと！　四時間も話し続けて。それは七十歳を超えた人とは思えない熱情で。「そうなんだ、この人の熱情が日本のバラエティーを作ったんだ」って心から思えて……。あーもう全然！　文字数が足らない！

次回も欽ちゃんと食事をしたときのことを書かせていただきます！

（八月七日）

記号化できない笑い、師匠は？

「欽ちゃんと一緒に食事をしたときの話」二回目です。

「キミには師匠みたいな人はいるの？」って聞かれたんです。「いないですねぇ」って答えたら、欽ちゃんは「ボクの師匠はハトなのよ」って言うんです。鳥のハトですよ。

「窓の外にハトがいてね、もっと近くで見たいと思って……」。それで窓に近いところにエサをまいてハトをおびき寄せたんですって。そしたらある日、目の前までハトがエサにつられてやってきて、欽ちゃんとバチっと目が合ったんですって。

「ハトはびっくりしたと思うよー。でも、うわぁ！　って驚かないんだよね。ボクの顔をじっと見ながら、そのまんまパクパクとエサを食べ続けて、それからなんとなーく離れていったんだよね」「本当はものすごく驚いてるくせにさー、しらばっくれてパクパクやってんだよねー」「役者がさ、驚いた芝居をするとすぐにうわー！ってのけぞるじゃない。それよりもボクを見て、どうしていいかわかんなくなってエサを食べ続けてるハトの驚き方のほうがおもしろいよねー」

そう言って欽ちゃんは、僕の前でハト師匠の驚き方を実演してくれました。僕が「欽ちゃん！」と大声で言うと、欽ちゃんはサッとこっちを向いて、表情のない顔で口だけパクパクさせながら僕をじっと見るんですよ。しばらくミョーな間があって、無言のままサッと顔をそらす。「ちょっと欽ちゃん！」ってまた言うと、おんなじことを何回でもやってくれまして。もうそのたんびに笑い過ぎ、しまいにはお店の人に「他のお客様もいらっしゃいますのでもう少しお静かに」なんて、欽ちゃんと二人で怒られちゃったりして。

「欽ちゃんの笑い」っていうのはつまり、うわっ！とのけぞるような「記号化された演技」ではなくて「記号化できないリアリティー」とそこに生じる「妙な間合い」で笑わせるものなんです。

わかりやすく言えばね、人がすっころんだ時に、その転び方だとか声の出し方っていうのが「記号化された演技」で、そこで笑いを起こそうとするのがほとんど。

だけど、ぶざまに転んだくせに周りの目が気になって声も出さず、普通の顔でまた歩き出していく人ってすごくリアリティーがあって、その一連の行動の中の「妙な間」がすごくおかしいでしょ。

「だからずーっと素人っぽい人ばかりを使ってお笑い番組をやっていた」と、欽ちゃんはいうのです。

欽ちゃんは、初めて会った僕らに、そういう話をたくさんしてくれました。僕も、自分なりの番組に対する考え方を話しました。すると欽ちゃんはね、僕にこう言ったんです。

「そういう考え方をボクも知っていればなぁー！　もっとおもしろいことができたのになー」って。

こっちはもうその言葉に感動してしまって。欽ちゃんは、お笑い界の大御所なんかではなく、今も前のめりでおもしろいことを考え続けている人でした。

僕の心は今やすっかり欽ちゃんファミリーです。

（八月二十一日）

芝居に失敗したら……体験したい

六月に役者として初めてお芝居の舞台に立ちました。大泉洋なども所属していた人気劇団「イナダ組」の新作劇で、主役級の役どころをもらったんです。札幌市と大空《おおぞら》町《ちょう》で合計六回の公演が行われました。

家族からは「えっ？　なにがしたいの？」と言われ、多くの人からは「やっぱり出たがりなんですね」なんてことを言われたんだけど、別に目立ちたいわけじゃなくて、自分なりの理由があったんです。

僕はテレビ番組を作ってるんだけど、映像って編集ができるじゃないですか。おもしろくなければカットすることができる。撮り直すことだってできる。

でも、舞台ではそんなことはできない。役者がセリフを忘れたら、それもすべてお客さんにさらすことになる。テレビとはまったく違うわけです。

もし、自分が役者として舞台に立ってセリフが出てこなかったらどうなるのか？

たぶん頭がまっ白になって、お客さんがザワつく、そのとき自分はどうするのか？

それをまずは体験してみたかったんです。

つまり、テレビでは体験できない失敗をしてみたかったんです。

「失敗することを前提にお芝居に挑戦するなんて意味がわからない」と思われるでしょうが、僕は「失敗することもお芝居の大事な要素なんじゃないのか？」って思ったんですよね。

だってお客さんからしてみたら舞台上で役者がセリフを忘れて右往左往してる姿って、とても生っぽくておもしろかったりするじゃないですか。

お芝居って、単純な言い方をすれば「生身の人間が物語を演じるのを見せる」ってことで、その「物語」の部分がおもしろければそれも楽しいけど、それよりも「生身の人間を見せる」って部分の方がお芝居の魅力としては断然大きいんじゃないかって僕は思うんですよ。

だって歌舞伎は、物語なんてみんなわかってて、それより役者のセリフ回しとか立ち姿とか、そっちの方がとても楽しみで、それで何百年も続いてるわけで。テレビドラマじゃそんなこと不可能ですよ。

いつしかお芝居はおもしろい物語を作ることばかりに目がいってしまって、やけに小むずかしくなってしまった。でも、「舞台の役者は単純に舞台上で生身の人間を見せればいい」って考えれば、自分にもできるだろうって思ったんですよね。

そのうえ、失敗したって、それでお客さんが楽しんでくれるなら、もうなにも恐れることはないですよ。あとは与えられた役を「どれだけ魅力的で、おもしろい人物に仕立ててあげることができるか？」ってことだけを考えればいいんだから、それはとても楽しそうだって、そう思ったんですよね。

テレビドラマとはまったく違う楽しさが、舞台のお芝居にはある。自分がテレビの人間だからこそ、それを示せるんじゃないかって。それが舞台で役者をやろうと思った理由です。

それで実際どうなったのか？ってのは、また次回のお話で。

（九月四日）

芝居にハマった、次は全国公演！

お芝居に出た話の続きです。

今年の初めごろ、大泉洋が所属していた「劇団イナダ組」の主宰者であるイナダさんと飲んだ時に「芝居に出してよ」って言ったら、「あーいいですよ」と、その場であっさり出演が決まりました。

でもイナダさんは冗談だと思っていたらしく、あとになって「本当に出るつもりですか？」と何度も聞きました。「だって藤村さん忙しいでしょう？　一カ月も稽古あるんですよ？」と。そんなことはわかっています。札幌の劇団員はみんな学生だったり仕事を持っていたり、立場は同じです。

稽古は仕事終わりの夜七時半から十一時ごろまで。最初はみんなで台本を読みました。うまくできました。

ところが台本を放して実際に相手役と対面したときに「やばい！」と思いました。相手の目を見られないんです。相手は年下とはいえ芝居経験者。当たり前のようにこっちの目を見て演技をします。そうするとどうしたってドギマギして照れてしまう。初心者丸出しです。

「これはいかん！　まずは稽古の雰囲気に慣れることが大事だ」と、翌日からは一時間前に稽古場に行って、ひとりでセリフを覚えていました。あとから来る役者たちは「藤村さん忙しいのにもう来てる！」と多少あせります。その隙を逃さず「ちょっと読み合わせしていい？」なんて言って、さっき覚えたばかりのセリフをスラスラ言うと「もうセリフ入ってるんですか！」なんて、相手はさらにあせります。徐々にこっちのペースになっていきました。

セリフ覚えは早かったと思います。五十手前ともなれば記憶力は衰えてきます。でも芝居のセリフは単語の丸暗記じゃありません。相手がいて、会話を積み重ねていくものだから、相手がこう言ったらこう返すっていう、会話の筋さえ理解していれば案外出てくるもんです。

芝居の稽古はスポーツの部活のように思えました。何度も同じパスの練習をし、うまくいかなかったところは自主練し、みんなで試合に備える。

本番直前、客入り前の舞台上で、僕らはサッカー日本代表のように円陣を組みました。「日本代表は負けたけど！　オレたちは勝つ！　気持ちを入れていけ！　行くぞ！」「オーッ！」って。

年齢もバラバラな男女が集まって、一緒に肩を組んで声を張り上げる。

来年五十歳を迎えるおっさんが、新人として、その輪の中に入ることができる。芝居以外ではありえないことです。僕はすっかり芝居の楽しさにハマりました。

今年の初めごろ、イナダさんとは別のある人にも、飲みながら「芝居に出してよ」と言いました。その人も同じく冗談だと思い、あとになって「え、ほんとに出るつもり？」と何度も聞きにきました。

その人の名は「水曜どうでしょう」の「ミスター」こと鈴井貴之。十一月、鈴井さん主宰の演劇プロジェクト「オーパーツ」の全国公演に出ます。芝居二回目で早くも全国公演！　この年でもまだやれることはあります。

（九月十八日）

変革、始めるなら社外の人と

ある大手自動車メーカーの社内報の取材を受けました。若手社員たちが自ら取材して手作りしているもので、主に異業種の人たちから話を聞いているそうです。

テーマは「常識にとらわれず、これまでのイメージを打ち破り、イノベーション（新たな価値の創造、革新）を起こすにはどうしたらよいのか？」。

まぁどこの会社も言っていることですが、どこの会社もなかなかできません。

でも、僕は「本気でやるつもりなら案外できると思いますよ」と答えました。

「たとえば誰か一人の人間に設計からデザイン、販売まですべてやらせてみたらどうですか。そうすればこれまでの常識にとらわれない、ガラッとイメージが変わった、新たな価値を持った自動車が生まれる可能性はあるでしょう？」と。

もちろん現実的には一人で全部できるわけはないんだけど、でも考え方として、組織に変革をもたらすような発想は個人からしか生まれない、ということを言いたかったのです。

だって、「常識にとらわれない」と言えばカッコはいいけど、言い換えれば「非常識」。「イメージを打ち破る」とは「イメージを崩す」とも言われるわけで、会社組織が最も嫌がることです。

つまり、新たなチャレンジに一番大きなブレーキをかけるのは、実は自社の組織なんです。

発想って、そもそもは個人の思いつきです。でもその思いつきを組織で共有するうちに、マーケティングによるとこうだとか、コストを考えるとこうした方がいいとか、徐々に角が取れて凡庸なものになっていくのが常なんです。

「だから僕は、新しいことを始めるときは、社外の人と相談して実行します」と言いました。「では藤村さんが実際に、社外の人たちと進めた仕事ってなんですか?」と問われ、こう答えました。「代表的なものは『水曜どうでしょう』です」と。

出演者の鈴井貴之と大泉洋はもちろん社外の人だし、ディレクターの嬉野さんも外部プロダクションの人で、社員は僕一人です。

番組開始当初は「デジカメ一台でロケできるのか?」「予算も少ないのに海外に行くのか?」と様々なブレーキをかけられつつも、「やりましょう」と言って推進力になってくれたのは社外の三人です。

まぁ会社のことをブレーキと言ってしまいましたが、少しでもリスクを減らそうと努力するのが会社であって、いわばゴールを守る守護神のような存在だと僕は思っています。社内と社外、攻撃と守り、両方の役割を自分なりに整理してしまえば、わりと新しいことはできるものだと思います。

取材の最後に僕は、自動車メーカーの若手社員の人たちにこう言いました。

「日本にこれ以上、クルマって必要なんだろうか?　公共交通機関を充実させた方が暮らしやすいと思うんだけど」と。「自動車メーカー自身が、日本からクルマを減らそうと考えたとしたら、それこそイノベーションが起こると思うんだけど」と。

彼らは、少し笑いながらも、大きくうなずいていました。

（十月二日）

「マーブル模様でいい」私も大賛成

十月いっぱい、札幌を離れ東京で暮らしています。

鈴井貴之さんの演劇プロジェクト「オーパーツ」の公演「SHIP IN A BOTTLE」に役者として参加してまして、稽古が東京で続いているのです。

役者は京都の劇団「ヨーロッパ企画」や東京の「キャラメルボックス」「D-BOYS」など、全く統一感のない人たちが集まっておりまして、サラリーマンである私も含め、まさに雲合霧集。

このメンバーでどうやってひとつの芝居を作り上げていくのか?っていう感じですが、鈴井さんは「マーブル模様のように、交わろうとしているんだけど交わらないような、異質感が残っていていい」と言います。

私もその見方には大賛成。私と鈴井さんが二十年近く続けてきた「水曜どうでしょう」という番組で培ってきた考え方であろうと思います。年齢も性格も境遇もバラバラな四人が一台の車に、バスに、列車に乗って旅を続けるだけの番組がなぜ多くの人に支持され、「なんかおもしろいね」と言われてきたのか。

あの番組は「目的地にたどりつく」という、とてもシンプルな目標だけで作られています。道中には何の仕掛けもありません。ゲームをクリアしないと前へ進めないとか、勝てばご褒美とか、バラエティー番組によくあるイベント性はほとんどなし。目的地に着いたところで大した感動もなく「じゃ札幌に帰りますか」と終わるだけです。目的地に着かずに終わることだってあります。

学校にしても会社にしても近所付き合いにしても、バラバラな人たちの集まりです。そこにルールを作り、空気を作り、なんとか統一感をもたせようとする。今の時代はみんなちゃんとルールも守るし、まわりの空気も読むけれど、その代わりにあんまり干渉し合わないで、お互い苦しまないようにしましょう、という社会になっているように思います。コミュニケーションをとっているようでまったくとっていない。そんなふうに思えてしまうんです。

「水曜どうでしょう」という番組は、「目的地にたどりつく」というだけの目標で集まったバラバラの四人が、狭い車内の中で、人間性をあらわにして時に罵《ののし》り合い、時にダマし合い、時に他愛もないことで笑い合う。今の社会に希薄なコミュニケーションがそこにあります。

狭いテントの中で「おい、もうちょっと向こうに行けよ」「おまえがデブだから悪いんだよ」みたいな、今の社会生活の中では決して口にできないような言葉も、四人の濃密な関係の中では、テレビの前の人たちも笑いながら見てしまう。「自分もあんなふうにものが言えたらいいいな」と思えてしまう。

ルールを厳守する、まわりの空気を乱さない、お互い干渉し合わない、そういう社会に、みんな孤独感を持ち始めている。

「マーブル模様でいい」という鈴井さんの言葉は、今の社会を少しラクにしてくれるように思います。

（十月十六日）

無駄足や注文取り違え……ツイてる⁉

前回に引き続き、鈴井貴之さんの演劇プロジェクト「オーパーツ」の全国公演に役者として参加するため東京で単身生活を送っています。

芝居の稽古は午後からなので、午前中に仕事が入ることもあり、先日は番組収録のため六本木に向かいました。ところが指定された場所に行っても誰もいない。「おやっ？」と思ってスケジュールを確認してみると、一日間違えていたんですね。収録は明日だった。「でもまぁ朝の六本木を散歩したと思えばいいや」と思い直して、仕事場に急ぐ人々の間をのんびりと歩いて帰ったんです。

早起きしたせいでおなかもすいていて、ちょっと早いけど昼メシを食べようとお店に入りました。そこは焼き魚の定食がとても美味《うま》いと評判の店でいつも超満員。

でも、早い時間に行ったので客は私ひとり。「これもスケジュールを間違えて早起きしたおかげだな」なんて思いながら、銀ダラの西京焼きを注文しました。

かなりご高齢のおばさまたちがやっているお店でね、厨房《ちゅうぼう》からは「腰の具合がよくなくて」なんて話がもれ聞こえてくる。

そのうち「つぼ鯛《だい》の塩焼きが……」なんて声が聞こえてきて、「あぁそれも美味そうだな」と思っていると、厨房からおばさまが申し訳なさそうに出てきて、「お客さんすいません、間違えちゃって……」と、熱々に焼き上がったつぼ鯛の塩焼きを持って、じっと私の方を見るんですよ。明らかに「どうかこれで手を打ってくれ」というような感じなんですよ。

「銀ダラの西京焼きをどう間違えたらつぼ鯛の塩焼きになるんだ?」と思いつつも、「いいですよ、つぼ鯛も美味そうってちょうど思ってたんで」と言うと、「すごく脂がのってておいしいんですよぉー」なんて言いながらほっとした顔で戻っていったんですよね。厨房からは「もう痴呆《ちほう》が始まったのかしらね、ほほほほほ!」なんてにぎやかな笑い声が聞こえて。

そんな話を稽古場でしたら、「藤村さん、どんだけポジティブ思考なんですか!

スケジュールを間違えたうえに注文まで間違えられたら今日はツイてない！って思うでしょう」って言われて。でも、そんなことはまったく思わなかったんですよね。

今朝も早起きしてウォーキングをしながら「おいしいパンを食べたいなぁ」と思い立ち、周辺のパン屋さんを検索したら一キロぐらい先にあって。せっせと歩いたのに、いくら探しても店が見つからない。ふと見ると、パン屋らしき建物が、思いっきり工事してるんですね。

「あぁ改装中だったか。でもまぁウオーキングにはちょうどいい距離だったな」と思い直し、また検索してみると帰り道に「手作りハンバーガーの店」なんてのがあって。行ってみたら一個百円なんですよ。

「こりゃ安いなぁ」と、店のおじさんに二つ差し出したら、「ハイよ！　二百万円！」と言われまして。あれですね、うわさには聞いていたけど、ほんとにこんな冗談を言う人に初めて出会いました。

「いやぁー今日もツイてるなぁー」と思った次第です。

（十一月六日）

「幸せだなぁー」って思う瞬間

「幸せだなぁー」って思うときって、いろいろあると思うんですけどね。

例えば、ちょっといい仕事ができて、みんなでなんとなく喜びを分かち合いたくて安居酒屋に出向き、「今日はほんっと！　お疲れさまでした！　かんぱぁーい！」なんつって最初のビールを飲む瞬間とかね。

たまに取れた休みの日に、ちょっと遠出して温泉に行ったら、露天風呂から見える風景が実に見事な紅葉で、そのうえほかには誰もいなくって、ついつい「ふぅーっ」って、おっさんみたいな大声を出してしまった瞬間とかね。あとは、誰か好きな人と海辺ですこぶる美しい夕焼けを見てしまった瞬間とかね。

私の中にも忘れられない幸せなときってのがありましてね。うちは三人子供がいるんですけど、一番下の子が幼稚園で、上の二人が小学校ぐらいの時でしたかね。秋の日曜日。子供たちはどっかに出かけたかったんでしょうけど、雪虫も飛び始めて、そろそろ庭の木を冬囲いしなきゃいけなかったんで、カミさんと二人で軍手をはいて、今日は庭仕事をしようってことになったんです。

準備しながら子供たちに声をかけてね、「おーい冬囲いするから手伝えー」って。でも子供たちはテレビに夢中でね、「うーん」なんて生返事だけでちっとも動こうとしないんですよ。

「まったくしょうがねぇなぁ」なんて言いながらも、まぁ実際のところおとなしくテレビを見ててくれた方が仕事ははかどるんで、別にそれでよかったんですけどね。

それでまぁ、カミさんと二人で木枯らし吹くなか外へ出て、「寒いなー」なんて言いながら荒縄で庭の木をぐるぐるしばってたんです。

どのくらい時間が経ったんでしょうかね。黙々と作業をしてたら、なんだか視線を感じて家の方を見たんですよ。

そしたら、いつからそうしてたのかはわからないんだけど、窓辺に子供たちの小さな顔が三つ並んでてね、ニコニコとこっちを見てるんです。

テレビを見てたはずなのにね、親に気を遣ったのかしらないけど、みんなでこっちを見てるんです。

カミさんも気付いたらしく、二人で作業の手をとめて窓辺に並んだ子供たちの顔を見てたら、三人がうれしそうにこっちに手を振るんです。小さい手を振りながら「見てたよー」って。その瞬間「あぁ幸せだなー」って思ったんですよね。

「幸せだなぁー」って思う時って、それはたぶん、瞬間なんですよ。時間にしたら一分もないぐらいの瞬間。でもそれで人はじゅうぶんに幸せを感じられるんですよね。

一番上の子は、もう来年社会人になります。一番下の子も、もう高校生です。みんな、あの秋の日の一瞬のことなんか覚えてないんでしょうけど、でも、私はあの日、窓辺に三人の顔が並んだあの瞬間を思い浮かべるたびに幸せな気持ちになれるんです。

幸せって、きっとそんなことなんだろうなって思います。


（十一月二十日）

必要なのは反省よりも笑い

私も参加した、鈴井貴之さんの演劇プロジェクト「オーパーツ」の全国公演が終わりました。

稽古期間からおよそ二カ月。普段は別々の劇団に所属している八人の役者（私はひとり会社員ですが）が毎日顔を合わせて、ひとつのお芝居を作り上げる。バラバラだった個人が集まると、いつのまにかそれぞれに役割のようなものが生まれます。

札幌で「イレブンナイン」という演劇ユニットの代表をしている納谷《なや》真大《まさとも》くんは、その中で明らかなボケ役でした。

今回のお芝居は海に浮かぶ漁船のお話。

舞台上には船の揺れを表現するために、十二台の大きなシーソーが敷き詰められていて、その上でバランスをとり、時に転げ回りながら芝居をするという危険なものでした。足腰への負担は相当なものです。そこでひとりの役者が、脚の筋肉をサポートするタイツを履くようになりました。

それを見た納谷くんが、「いいですねぇー、それケガの防止にもなりますし」と。でも聞けば二万円近くもする高級品。「それは高いなぁー、でもケガしたらヤバイですから」と、その日のうちにスポーツ用品店に行き買ってきました。「これでもう安心ですよ」と、納谷くんが得意げな顔をしていたので、みんなで言ってたんですよ。「こんだけ高いタイツ買って、ほかのところケガしたら笑うね」って。

そしたら本番が始まってすぐ、彼はケガしましてね。脚じゃなくて、手を。「いやぁー期待を裏切らないなぁー」って、みんなで盛り上がってたら、次の公演ではシーソーに頭をぶつけて、本番中に頭から血を出してるんですよ。いや、たいした傷じゃなかったんだけど、納谷くんはツルツルの坊主頭なんで、やけにそれが目立っちゃって。その頭を見てみんな本番中に笑ってしまって。

そもそも今回の舞台は危険がつきもので、だからみんな「ケガのないように」って緊張して舞台に上がっていたんですけど……。

でもね、緊張ばかりしてたら肝心のお芝居がのびのびとできない。そんな中で、納谷くんのすっとぼけた小さなケガは、みんなの緊張をほぐしてくれましたね。

最後の札幌公演では、石田《いしだ》剛太《ごうた》くんが前夜に高熱を出してしまって、フラフラで楽屋に現れました。「すいません、こんな時に体調を崩してしまって」と、彼が申し訳なさそうにあやまるので、私と鈴井さんは笑ってこう言いました。

「大丈夫！　おれたちも二日酔いでフラフラだから体調は同じだ！」って。それを聞いて彼はとてもうれしかったそうです。本番では、ちゃんと力を出し切っていました。

いくら注意していても、不測の事態は起こるものです。それを乗り切るために必要なのは反省ではなく、緊張をほぐす笑い。私と鈴井さんは、それを「水曜どうでしょう」の中で学んだのだと思います。

東京、大阪、名古屋、札幌と続いた全国公演は無事に終了しました。今はちょっと寂しい思いです。

（十二月四日）

高い目標より、大きなこころざしを

私は出身が愛知県で、北海道大学に入学して、そのまま北海道テレビに就職しました。

「どうして北海道に来たんですか?」ってよく聞かれるんですけど、それはもう「少年よ、大志を抱け」っていうクラーク先生の言葉に強く惹《ひ》かれたからなんですよ。「大志を抱け」って、意味合いとしては「目標を高く持て」っていうことに近いんでしょうけど。でもね、もしもクラーク先生の言葉が「少年よ、目標を高く持て」だったら、私は北海道には来てなかったかもしれませんね。

だって、そんな言葉には惹かれないですもん。なんか進学塾のキャッチフレーズみたいでしょう。「受験生諸君！　目標は高く！　ワンランク上の志望校を目指そう！」

みたいなね。

「目標を高く持て」という言葉には具体性があり過ぎて、先に心が萎《な》えてしまうんですよ。「目標をクリアするためには、あれとこれをがんばって……」みたいな感じで、やらなきゃいけないことが「目の前に立ちふさがる」ような感覚に襲われるんです。でも、「大志を抱け」っていう言葉には「目の前がパァーっと広がる」ような印象があります。

だって、「大志」って、ものすごくアバウトな言葉でしょう。「目標」って言われたら、それは「来期の売り上げ一〇パーセント増!」とか「志望校絶対合格!」みたいになっちゃいますけど、「大きなこころざし」となれば、それはもう「世界平和!」ぐらいに広がっちゃって、来期とか来年っていうせっぱ詰まった話じゃなくなりますから。

そのうえ、「大志」を「抱け」って言ってんだから、これはもうある意味「そう思ってりゃいい」っていうことですからね、気持ちもずいぶんラクになります。

「高い目標に向かって努力するのは、とても大事なことだ」って、みんな疑いもなく思っているんですけど。でもね、それは一方で視野を狭くしているようにも思えるんですよね。

「売り上げ一〇パーセント増」「志望校合格」という具体的な目標ばかりにとらわれていると、それをクリアしたときの達成感に酔いしれて、「なんのために売り上げを伸ばしたのか？」「なんのために志望校に入ったのか？」という根本的な目的を忘れてしまうことがよくあります。

そしてまた次の目標を設定されて、また努力して、やがて疲れ果てて……。そのときになって自分がひとつの歯車でしかなかったことに気付かされる。

でもそこに「大きなこころざし」があれば、進むべき道に迷うことはない、自分を見失うことはない。目標をクリアすることが大事なんじゃなくて、どこに向かっているのかが大事なんだって、クラーク先生は言いたかったんじゃないでしょうか。

目的地に着く喜びよりも、そこに向かっている人間の悲喜こもごもを見せたい。「水曜どうでしょう」の番組作りは、クラーク先生の言葉に通じるところがあると言ったら、言い過ぎでしょうか。

（十二月十八日）

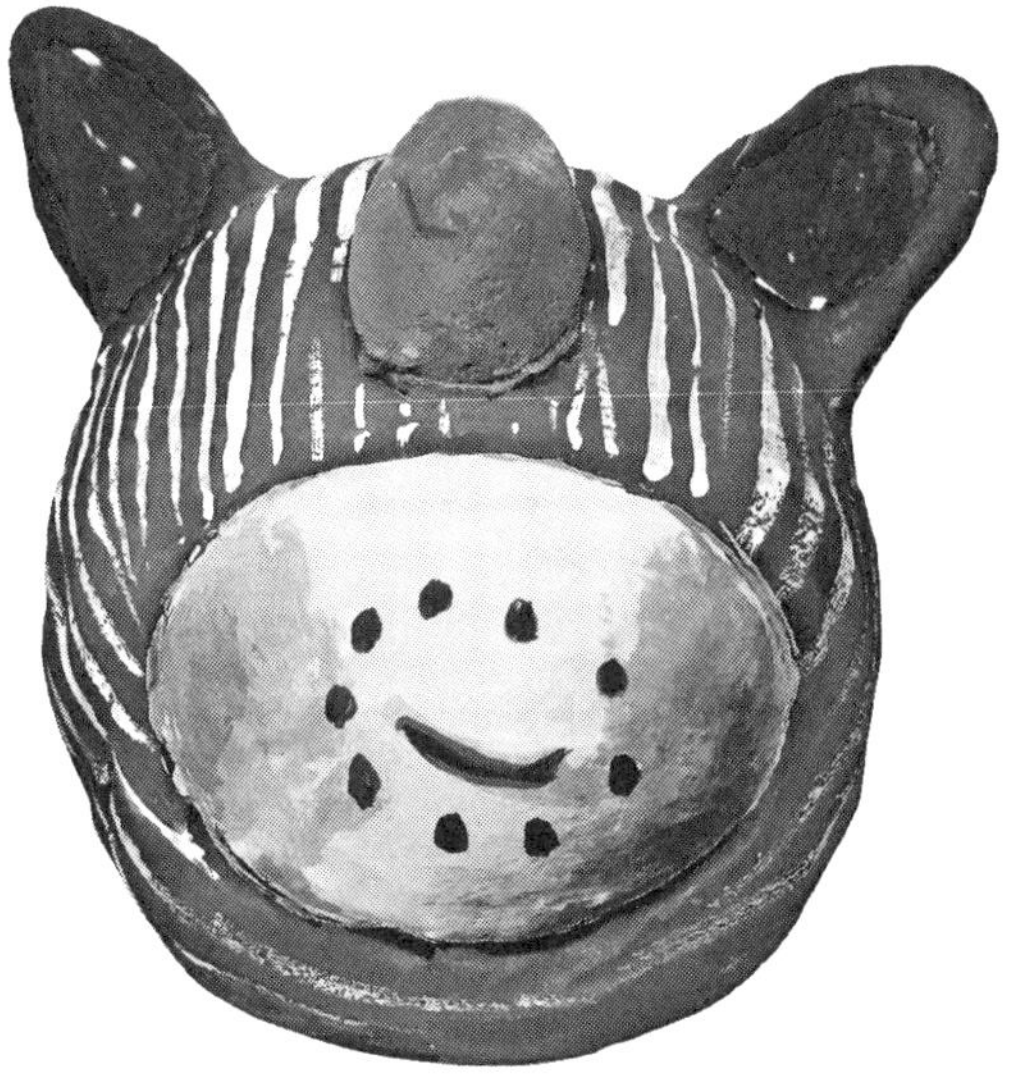

2015年

雪かきは経験値で楽しく

「雪かき」が好きなんですよ。夜、窓の外を見て雪がしんしんと降っていると、「おーずいぶん降ってんなぁー」と言いつつ嬉《うれ》しいんですよね。朝になればいそいそと身支度をして、まずは玄関の前から丁寧に雪をかいていきます。

近所のじーさんたちはすでに外に出ていて「いやぁー降ったねぇー」なんて声をかけてきます。じーさんたちは夏よりも冬のほうが元気です。

じーさんたちの雪かきは職人技とも言えるほど丁寧で、積み上げた雪はキレイな真四角の壁を作り上げます。私は近所のじーさんたちの匠《たくみ》の技にあこがれ、雪かき道に精進してきました。

じーさんたちは、まだ薄暗い早朝から雪かきを開始します。気温が低く、まだ誰も踏みしめていない雪はとても軽く、腕力を使わずとも雪をかくことができるからです。

　北海道の雪質は世界中のスキーヤーがあこがれるパウダースノー。それは、わたしたち雪カキーヤーにとっても最高の雪質です。降ったばかりの新雪ならば、初心者であっても一流のカキーヤーのごとく無駄な力を入れることなくアスファルトの黒い路面を出すことができます。

　北海道では「雪かき」じゃなく「雪ハネ」とも言いますよね。軽い雪だからこそ「かく」のではなく「ハネる」。雪かきは重労働でも、北海道の雪ハネはウォーキング程度の軽い運動なんです。

　でも、雪かきがきらいな人って多いですよね。きらいな人は、雪かきをなるべく早く終わらせようとするから、ガシガシと力いっぱい作業します。それで疲れちゃって、あちこちにまだ雪が残っているのに駐車場から無理やりクルマを出してしまいます。

　そうするとせっかくのパウダースノーをタイヤで踏み固めてしまって路面がデコボコになり、それ以降は重労働の雪カキが続くことになります。あせらず、アスファルトの黒い部分が出るまで完璧に雪をかき出す、これが雪ハネ状態を維持するコツなんですよね。

雪かきに必要なのは腕力ではなく経験値だと思うんですよ。新雪のうちに出動すれば、ラクに雪ハネができるという経験。いくら大雪が降ろうとも、いつもより少しだけ時間をかければ、必ずや黒いアスファルト路面をむき出しにできるのだという経験。

それらの経験があれば、降り積もった雪を前にして「いつになったら終わるんだよ!」と途方に暮れることなく、「少しずつ進めていけば必ず終わるのだ」という悟りのような境地で、淡々と作業を続けることができます。

子供って雪カキが嫌いでしょう? それは経験値がないからしょうがないんです。でもね、人生経験を積んだ大人が、それじゃいけません。やみくもに雪を投げるのは道産子としてカッコ悪いです。

「除雪車が来ない!」なんて文句を言うより、一流のカキーヤーを目指してはどうでしょう。

(一月八日)

北海道弁、人に優しい言葉だな、と

娘が関西の大学に行ったんですよ。その大学にはほとんど道内出身者がいなくて、入った当初は無意識に出てしまう北海道弁にかなり驚かれたらしいんです。

たとえば、木の棒を「ボッコ」って言ったら、関西人がみんな「え？　なに？」って固まったらしいですよ。「え？　もしかして棒のことをボッコゆうてんの？」「え？　それって棒の子供ゆう意味なん？」「なに？　もしかしてカワイコぶってんの？」って。

「えー⁉　ボッコってゆうしょー」って返したら、「『しょー』ってなんなん？」「それもカワイコぶってんの？」って。

「○○しょー」っていう語尾は方言にしてはとてもかわいいんですよね。キツくない。

「○○だ！」と断定せずに「○○でしょう？」って、語尾を丸めてぼやかしてるように聞こえますからね。あとは「ゴミを投げる」っていうのも、かなり驚かれたらしいですね。「ゴミ投げたらあかんよ！　ちゃんとゴミ箱に捨てようや」って。

　僕も愛知県出身なんで北海道弁にはいろいろ驚かされました。

中でも一番驚いたのは「○○さる」という言い方ですね。たとえば、つい間違えてボタンを押してしまった時に、北海道の人は「ボタンが押ささった」って言うでしょう。

　最初に聞いた時は耳を疑いましたからね。「なに言ってんだコイツは！　『押ささった』なんて日本語はない！　『押してしまった』だろう！」ってね。

でも北海道人はかたくなに「違うよ！　押ささったんだって！」って言いますからね。「違う違う！　おまえが自分で押したんだ！　なんで素直に『間違って押してしまいました』って言わないんだ！」って今でもたまに論争になりますから。

「○○さる」という言い方は、どこか他人事に聞こえるんですよ。自分がやったんじゃなくて「まるで自然現象のように起きてしまった」という風に聞こえるんです。

　でもそれって、自然環境が厳しい北海道だからこその言い回しなんだろうなって最近は思うんです。冬にドカ雪が降るのは誰のせいでもない。そんな環境の中で暮らしていくためには他人と協力し合わなければいけない。ちょっとしたミスぐらい、あたかも自然現象のように「なんもなんも」と言って受け流していかなければ、人間関係は円滑に進まない。だから、いろんなことを断定せずに、ぼやかしているんじゃないかなって。

そう考えると「ゴミを投げる」という言い方も理解できるんですよ。「捨てる」という言葉は断定的できっちりケリをつけた感じですけど、「投げる」なら「捨て去ったわけではなくて、ただ放っただけ」という意味にも取れますからね。「ボッコ」も、どこか丸めた言い方だし、だいたい「キツい」という言葉自体、北海道では「ゆるくない」という言い方をしますもんね。

自然が厳しいだけに言葉はゆるい。そう考えるとね、北海道弁は人に優しい言葉だなと思いますよ。

（一月二十二日）

「夢？　ないです」僕が言い切る理由

「藤村さんの夢ってなんですか？」「今後やりたいことってなんですか？」ってインタビューでよく聞かれるんですけど、そのたびに僕は「特にないです」って答えるんですよ。するとだいたい相手はガッカリしますよね。

「でも藤村さん、いろんなことやってるじゃないですか」って食い下がってくるんですけど、僕にとってそれは「夢」とか「やりたいこと」じゃなくて、たまたま自分にやれることがあったからやっているだけのことでしかないんですよ。

そう言う僕だってね、小学校の卒業文集には「ぼくの夢は獣医さんになることです」って書きましたよ。動物が好きでしたからね。でも結局のところ理系科目が得意じゃなかったし、文系に進んでテレビ局員になりましたけど、それを別に夢が破れたとは思っていませんよね。

「夢に向かって突き進む」って言ったら聞こえはいいけど、それは逆に視野を狭めているると思うんですよ。

　子供が夢を語るのはいいんですよ。そもそも子供はまだ視野が狭いから。野球が好きならプロ野球選手、お菓子が好きならお菓子屋さん、それでいいんですよ。だってそれしか思い浮かばないんだから。そんな子供に対して視野を広げてあげるのがわれわれ大人の役割だと思うんですよね。

　たとえばね、子供が「カブトムシを捕まえにいく！」って元気に飛び出していったとしますよ。でもバッタしか捕まえられなくてショボくれて帰ってきたときに大人はどう言えばよいのか。「なんだよ？　おまえはバッタしか捕まえられないのか？　おまえはカブトムシを捕まえたかったんじゃないのか！」ってハッパをかけるのか。それとも「いや、でもよく見てみろよ、バッタもなかなかおもしろい虫だぞ、後ろ足がすごく太いだろ？　これはな……」って言うのか。

　僕は後者だと思うんですよ。子供には一つのことに固執させるより、もっと広い世界を見せてあげることが大人のつとめだと思うんです。

だって大人になれば、誰だっていろんな現実に板挟みになって、肩身も狭くなっていくでしょう。でもそんな中で大人は「今日の酒がおいしく飲めればいい」「明日の商談がうまくまとまればいい」「来月の温泉旅行が楽しみ」……そんな些細《ささい》なことで十分に「良かったな」と思えるようになるんだから。

それはあきらめでもなんでもなく「大人の強さ」だと思うんですよね。

だから別に今さら「夢」とか「やりたいこと」とか、大人が声高に言う必要なんかない。やりたいことがあればやればいいし、なければないでも全然かまわない。現実を見据えて夢に逃避しない。

だから僕は堂々と「特にやりたいことはないです」って言うんですよね。

「大人のみなさん、きのうはいい酒が飲めましたか?」「あぁ! 飲めたよ」「そりゃあ良かった」「おう! 明日もがんばるわ!」。それでいいと思うんです。

（二月五日）

まだ更地の女川、若手たちに学ぶ

宮城県女川町《おながわちょう》は、東日本大震災で町のほとんどが流され、壊滅的な被害を受けました。その翌年、倒壊した建物がまだ残り、ガレキが大量に山積みされている町で、若手たちが「復幸祭」というイベントを開きました。

日本中が節電し、花見も花火も自粛していた中での「お祭り」。多くの人から厳しい反対意見もあったと聞いています。でも彼らはなんにもなくなった町で、にぎやかな祭りを開き、訪れてくれた人に無料でサンマを振る舞い、祭りを盛り上げました。

彼らは「物見遊山でも興味本位でもいいから、とにかく女川に来てほしい。僕らが一番怖いのは、この町を忘れられてしまうことなんです」と言っていました。

宮城県には「水曜どうでしょう」のファンがとても多くて、ディレクターの私と嬉野さんは、その祭りの一回目からゲストに呼ばれてトークショーをやっています。

僕らが出会った女川の若手たちはとても明るく、前を向いていました。過去を振り返り悲嘆に暮れるのではなく、これからの新しい町づくりに向けて動き続けていました。

「スペインに女川とそっくりな地形の町があるんですよ。いっそのこと新しい女川はスペイン風の町にしようかって思ってるんです」なんてことも言っていました。それはある意味で辛い過去を断ち切り、将来に向けた希望を作り上げる作業でもあったのでしょう。

来月二十二日、女川町では四回目の「復幸祭」が開かれます。その前日の二十一日には震災で被害を受けた鉄道が復興し、女川まで開通するそうです。見事に復活した線路の上を、昔と同じように列車が走る。

試運転のために女川まで走ってきた列車を見て、ある若手は涙が止まらなかったそうです。そして彼は、とても大事なことに気付いたと言います。

「僕らは、町を新しく作りかえることばかりを考えてきた。年寄りが昔を懐かしみ、嘆いている中で、僕らは将来のことばかり考えていた。そうしないと前に進めないと思っていた。町を元に戻そうなんて考えていなかった。でも震災前と同じように、僕らが小さかったころと同じように走る列車を見て、わけもなく涙があふれてきた。今は、年寄りの気持ちがわかる。年寄りたちを取り残しちゃいけない。昔を断ち切るような町にしちゃいけない。今すごく反省してます」と。

震災から四年が経った女川の町は、まだ更地のままです。鉄道が開通し、新しい駅舎は建ったけれど、町づくりはまだまだこれから。

でも女川町の若手たちは、この四年間でいろんなことを経験し、いろんなことに気付いたようです。僕らは震災直後からずっと被災地に対して「なにができるか?」を考えてきました。

これからは、彼らからいろんなことを学ばせてもらおうと思っています。彼らはとても不幸な思いはしたけれど、そのぶん彼らは、僕らが普段忘れている大事なことに気付いているのだから。

（二月十九日）

巨匠のダジャレ、周囲は……

先月、香川県の高松市で行われてた「さぬき映画祭」に行ってきました。映画祭というだけあって著名な方々にお会いする機会があり、昨年は「男はつらいよ」でおなじみの山田《やまだ》洋次《ようじ》監督にお会いしました。

あの方、ものすごく背が高いんですよ。堂々とした体つきにビシッとしたスーツ、サングラスに腰まで長い真っ赤なマフラーをしておられましてね、なんというかもう巨匠感がハンパないんですよ。

僕はあんまり人前でアガることはないんですけど、初めてでしたね、名刺交換だけでひとっこともしゃべれないままアッサリ退散してしまったのは。あんな方が監督なら「そりゃ俳優は言うこときくよ」って思いましたもん。

今年は、大林宣彦《おおばやしのぶひこ》監督ともお会いしました。この方も映画界の巨匠ですけど、山田監督とは違ってよくしゃべる方で、常に笑顔、そしてユーモアにあふれた方でして。大林監督が出るイベントの司会を、ある女性がすることになりましてね。でも彼女は緊張するわけですよ、なんせ巨匠ですから。

そうしたら、本番直前に監督が彼女のところにスッと寄って来て、こう言ったんですって。「舞台に上がる時に緊張するのはね、あなたに意地があるからです。つまらない意地は捨てなさい」と。

彼女は「そうか、実力以上にがんばろうとしちゃダメなんだ。いつも通りにやらないと」って思いましてね、「監督、ありがとうございます」って頭を下げたら、大林監督が小さな声でこう言ったそうですよ。「ステイジですから……」と。

それがダジャレ（「捨て意地」）であることに彼女はしばし気付けず、そうこうしているうちに監督が「撮影現場の張りつめた空気の中でね、僕はよくダジャレを言うんです。そのダジャレはくだらなければくだらない方がいい。その方が一気に緊張がほぐれますからね、ホホホホホ」と、にこやかな顔でおっしゃったそうです。

でも言われた彼女は緊張がほぐれるどころか、ただもう頭がまっ白になっちゃって。

だって、まさか巨匠がダジャレをかますとは思いもしなかったんで、たいしたリアクションもとれず、ただただ混乱してひきつった笑いをするのがせいぜいで、その混乱状態のままステージに上がったもんだから、司会もぐだぐだで。

でも気を取り直して「では、本日のゲスト大林宣彦監督です」って紹介したら、今度は監督がなぜか歌いながら登場してきて、そのままステージを降りて客席を歩きながら熱唱するもんだから、彼女の混乱状態は極限まで達してしまって。

「ははははは！　驚いたでしょ？」なんつってユーモアたっぷりの大林監督なんですけど、あまりにも巨匠すぎる方のユーモアは時として周囲を混乱におとしいれる場合もある、というお話です。

彼女はその後、放心状態のままインタビューを始めて、大林監督のことを「小林監督」って言い間違えてしまったそうです。

いやいやいや、小さくすんのはダメだろ！

（三月五日）

「すべて作り直した」DVD

「水曜どうでしょう」のレギュラー放送を終えたのはもう十三年も前、二〇〇二年のことでした。会社から「打ち切りだ」と言われたわけでも、番組に限界を感じたわけでもなく、僕ら制作者が決めたことでした。

やめた理由はふたつあります。ひとつは「水曜どうでしょう」以外のこともやりたかったから。番組はディレクター二人で作っていましたから、週一回のレギュラー放送を続けている限り他に何もできなかったんです。まさに手作りでしたからね。

そして、もうひとつの理由は、六年間続けた「水曜どうでしょう」を「すべて作り直したかったから」なんです。

テレビマンになって初めて立ち上げた番組ですけど、あの番組は本当におもしろかった。鈴井貴之、大泉洋、そして相棒の嬉野雅道《まさみち》という年上のディレクターが、日本の端っこの、北海道のテレビの片隅の、深夜三十分という番組にたまたま寄せ集まった。でもそんな端っこから、みんな遠くを見ていたような気がするんです。北海道のローカルな視線ではなく、もっと遠くを。

やがて、ふと思ったんです。

「なんでこんなにおもしろいのに三十分という時間に縛られていなきゃいけないんだ」って。放送枠におさめるために、泣く泣くカットした場面も多いんです。でもテレビ番組である限り「時間内におさめる」という常識がある。だったらその常識を外したところで「もう一度すべて作り直してみたい」って、そう思ったんです。つまり、番組のビデオ化です。

二〇〇二年当時はＤＶＤが出始めたばかりのころで、僕自身、まだＤＶＤプレーヤーなんか持ってなくて、ＶＨＳビデオを利用していた時代です。でも会社から「どうせ作り直すならＤＶＤにしたらどうか」と提案されました。僕は、新しいものにすぐに飛びつくのは嫌いなんだけど、ＤＶＤには魅力を感じました。

ビデオといえば映画やドラマでした。それらは「最初から見る」のが当たり前ですからビデオテープでも十分だった。でもＤＶＤの「ボタンひとつで見たい所にすぐ飛べる」という便利な機能は、テレビのバラエティー番組にはとても合っていると思ったんです。

レギュラー放送をやめて作り始めた「水曜どうでしょう」のＤＶＤは、第二十二弾まで発売され、三百五十万枚も売れました。バラエティー番組のＤＶＤがこれほど売れた例は数えるほどしかありません。よその番組はほとんどが放送された素材をほぼそのままＤＶＤにしています。でも「水曜どうでしょう」のＤＶＤは、すべて編集し直していますから、放送されたものとは違います。

まず最初に制作者の「すべて作り直したい」という強い欲求があり、そこに会社側がＤＶＤというメディアを用意してくれ、作業時間を与えてくれた。

そういう幸福な関係があったからこそ「水曜どうでしょう」は、十年以上もの長い時間をかけてＤＶＤという新たな場所で生まれ変わり、今も生き続けているんです。

（三月十九日）

世界を席巻する日、来ます！

日本が世界に誇れるエンターテインメントの分野ってなんでしょうか？　映画？　演劇？　音楽？　いずれも胸を張って「世界のトップクラスだ」とは言えませんよね。

一方、アニメや漫画、ゲームは間違いなく「世界のトップレベル」と言っていい。でもこれらは今でこそ「クールジャパン」の代表的エンターテインメントになっていますけど、国内では昔から「子供向け」「低俗」と思われていました。

国内で文化的に高い地位にある映画や音楽が世界のトップレベルとは言い難く、低い地位にあったアニメや漫画が世界的に高く評価されている。これと同じことが、実はテレビにも言えるんです。

日本のテレビ番組で世界に誇れるものってなんでしょうか？　ドラマ？　報道？

いずれも世界のトップとは言えませんよね。

でもテレビマンとして、胸を張ってそれだと言える分野があります。それはバラエティー番組と、幼児向けなどの教育番組です。バラエティー番組は視聴者に「幼稚」と言われ、教育番組はまさに「子供向け」です。

なぜ、この二つは世界のトップレベルと言えるのか。

幼児向けの教育番組は、大人が見ても「センスがいい！」と唸《うな》るものが実に多いんです。「ピタゴラスイッチ」「にほんごであそぼ」などなど、感度のいい大人の尖《とが》った感性で作られているんです。

これって、日本のアニメや漫画が海外で高く評価されている要因とまったく同じです。「子供向けと思っていたけど、実は奥深い！」っていうね。

同じように日本のバラエティー番組は「低俗だ」と揶揄《やゆ》されながらも、いい大人たちが工夫を重ね、手間をかけて、くだらないことを真剣に突き詰めて作っています。

大みそかに長時間放送される日本テレビの「笑ってはいけない○○」シリーズなんて、日本のトップクラスの放送作家たちが知恵を出し合い、何カ月もかけて作り上げる、世界に誇れる番組です（そう思わぬ人も多いでしょうけど）。

それはまさに「低俗だ」と思われていたゲームの世界で、日本のクリエーターたちが先鋭的な工夫と、とてつもない予算と手間ひまをかけて作っているのとまったく同じです。

日本人って、海外からはマジメで勤勉な国民性と思われてますよね。その国民性を活《い》かすとすれば、本来、文化的でおカタい映画や報道やドキュメンタリーが得意なはずなんです。でも、それらは世界的にはあまり評価されていない。一方、アニメや漫画やゲームという、一見マジメさとは縁遠いと思われる、やわらかい分野で高い評価を得ている。

実は日本人って、自分たちが「くだらない」と勝手に思い込んでいる分野にこそ、世界に打って出るだけの力を秘めているんじゃないでしょうか。

だからぼくは「低俗だ」と思われている日本のバラエティー番組が、近いうちに世界を席巻する日が来ると確信的に思いながら番組を作っています。

（四月二日）

眠れなかった大泉洋

「水曜どうでしょう」のレギュラー放送の最終回は、バイクでベトナムを縦断するというものでした。ゴールのホーチミンが近づき、まもなく旅が終わるころ、大泉洋がこんなことを言いました。「この番組は、これで一度終わるんだから、もう終わることはないよ」と。

ぼくは当初、何を言っているのかよくわかりませんでした。彼が言った言葉の意味を知るのは、番組をやめてしばらくたってから。彼の口から「あの時は本当に眠れなくってさぁ」と聞かされたときです。大泉の言う「あのとき」とは、彼に番組終了を告げたときのことでした。

その日、ぼくは他番組の収録でＨＴＢに来ていた大泉を編集室に呼び出しました。

二人きりになり「ちょっとさぁ」と、なにげなく話を切り出しました。

「どうでしょうをさ、まぁいったんやめようと思ってさ」

「あーそう」。大泉の反応は、予想外に淡々としたものでした。逆にこっちが少し焦って「いや、完全にやめるわけじゃないから、あくまでも『いったん』だから」と、何度も「いったん」を繰り返し、最後には「もうあれだ、もしかしたら来年には再開するかもしんないから！」と、ちゃんと別れを告げられないダメな男のように、終始言葉を濁し続けていました。

でも大泉は冷静に「藤村さんもさ、どうでしょう以外にもやりたいことあるだろうしね、いいんじゃない」と、物わかりのいい女性のように落ち着いていました。でも実はその夜眠れなかったことを、彼は告白してくれたわけです。

彼はこの番組のことが本当に好きだったし、絶対に終わってほしくなかった。だから精いっぱいおもしろいことを言って、番組が終わらないようがんばってきた。でも「いったん終わらせよう」というぼくらの空気を感じ始め、いつそのことをハッキリ言われるのかと不安でたまらなかった。心の準備はできていたものの、やはりその日は眠れなかった。

そして、いよいよ最後の旅が終わろうとしたときに言ったのです。

「この番組は、これで一度終わるんだから、もう終わることはない」。

この言葉には「これで自分はもう終わりを恐れてドキドキすることはない。あとはまた番組が始まる日を楽しみにしているだけでいい」という気持ちが込められていました。

その意味を知って、ぼくは「これで本当に一生この番組を続けられるな」と思いました。難しいことなんてなにもない。これからは無理をせず、自分たちがやりたいと思ったときにまた集まって旅に出る。ただそれを繰り返していくだけで、ずっと「水曜どうでしょう」という番組は作り続けることができるだろうと。

ベトナムの旅を終えてから、いつのまにか十三年もの歳月が流れました。この間、いくつかの旅に出て、「水曜どうでしょう」はまだのんびりと続いています。この番組は本当に、出演者とスタッフが一生続ける、日本で初めての番組になるだろうと思います。


（四月十六日）

小さな背中が歩き出す春に

春を迎えました。この季節になると思い出す風景があります。

四月初旬の札幌。まだ道路脇に雪が残っているころ。娘が小学校に入学して、それが初登校の日でした。つい先日まで母親に手を引かれて幼稚園に通っていたのに、この日からひとりで歩いて学校まで行く。娘はこっちの不安をよそに「じゃあ、いってくる！」と、さっさと玄関を出て行きました。僕は少し心配になって、娘に気付かれないように学校まで尾行してやろうかと思い、少し遅れて玄関を出ました。

そのころ住んでいた家は急な坂道の上にあって、下っていく道をまっすぐ見渡せます。娘はその坂道を急ぐでもなく、ゆっくりでもなく、ひとりでしっかりと歩いていました。僕はその足取りを見て「あぁ、大丈夫だな」と少し安心して尾行するのをやめました。坂の上から、娘の小さな背中が少しずつ遠ざかっていく風景をしばらく見ていました。

それから十数年が過ぎた三月下旬の大阪。娘は北海道を離れ、ここの大学に進学することになりました。はじめてのひとり暮らしの始まりです。直前に起こった東日本大震災のために引っ越し荷物の到着がいつになるかわからず、僕は娘と持てるだけの荷物を持って大阪に行きました。

ガランとした部屋に荷物を置き、僕だけが札幌に戻る日。最後に細かな日用品を買いそろえるため近くのショッピングセンターに行きました。娘はふと靴屋で立ち止まり「これ買ってもいい？」と赤いヒールの靴を差し出しました。

買ってあげると、娘はうれしそうにそれまで履いていたぺたんこのスニーカーをカバンにしまって、新品の赤いヒールの靴に履き替えました。それから一緒にケーキを食べて、空港に向かう僕を娘は駅まで見送ってくれました。

駅に着くと娘は「これやっぱりまだ痛い」と、買ったばかりの靴を脱いで、またスニーカーに履き替えました。「じゃあがんばれよ」「うん、ありがとね」と、短い言葉を交わして、僕は改札口に向かいました。やっぱりなんだか、少しさびしい気持ちでした。

改札を抜けて後ろを振り返ると、娘はもう駅の出口に向かって歩き出していました。小学校の初登校の日に見送った小さな背中と同じように、足取りはしっかりとしていました。まだちょっとだけ早かった赤いヒールの靴を脱いで、スニーカーをぺたぺたさせながら遠ざかっていく娘の背中は、人混みの中にすぐに消えていきました。

そして今年の春。大学を卒業した娘は北海道には戻らず、大阪で就職しました。札幌にいる僕は、彼女の初出勤の姿は見ていません。初登校の日に見送った小さな背中を、つい先日のことのように思い出すのに、いつのまにか、あれから長い月日が流れていました。

今年もたくさんの小さな背中が、ひとりで歩き出す風景があちこちで見られたでしょう。娘は、そんな小さな背中を迎え入れる小学校の先生になりました。

（五月十四日）

人生、四国八十八ヶ所のように

「水曜どうでしょう」の企画で四国八十八ヶ所を回ったことがあります。罰ゲームというバチ当たりな名目ですけど、何だかとてもいい旅でね。季節は春、桜の咲く頃でした。

徳島県にある一番札所・霊山寺《りょうぜんじ》で、まずはまっ白なお遍路装束と大きな笠を買い込みましてね。あれは一種のユニホームみたいなもので、着ると気分が引き締まるんですよね。別に信心深いわけじゃないけれど、白装束でお参りすると神聖な気持ちになる。元気ハツラツ！　霊山寺を出発。しばらくはお寺さんも密集していて楽に回れます。

でも十二番札所の焼山寺《しょうさんじ》ってのが最初の難関でね。「遍路転がし」なんて呼ばれる険しい道をうねうねと登った山中にひっそりとお寺がある。でも徳島県内はまだまだ序の口、高知県に入ったとたんにお寺さんの間の距離がぐっと長くなる。左手に荒々しい太平洋を見ながら室戸《むろと》岬、足摺《あしずり》岬をぐるっと回って「これは確かに修行なんだ」と思い知らされ、へとへとになりながら愛媛県に入る。

すると急に気候が温暖になって、道後《どうご》温泉ではゆっくり湯につかり、みかんでも食べながら、のんびりとした瀬戸内を行く。香川県に入ればゴールまではあと少し。コシの強いうどんを喉《のど》に詰まらせながら最後の大窪寺《おおくぼじ》を目指す。

お遍路を回っていると余計なことは考えません。一番の次は二番、二番が終われば三番と、ひとつずつお寺を回るだけ。目の前のことしか考えない。それを八十八回繰り返して最後のお寺にたどりつく。でも実は、ゴールの八十八番大窪寺とスタート地点の霊山寺はわりと近い位置にある。

言ってみれば一四〇〇キロもの長い道のりを苦労して回って、結局スタート地点に戻ってきただけのことです。なんの生産性もない作業です。でも、ぼくらは結局三回も四国八十八ヶ所を回りました。そして今でもまた回りたいと思ってます。不思議なものです。

三回も同じところを回っていると、好きなお寺さんや好きな風景が出てくる。「またあそこに行きたいな」と思ってしまう。そのためだけに同じことを繰り返したいと思ってしまう。またもう一度、余計なことを考えず、ただ回るだけの作業に没頭したいと思ってしまう。

四国を回っていて思ったんです。こういう感じで人生を過ごせたらいいなって。最初はハツラツと元気いっぱいで、その後に長く苦しい修行があって、やがてゆったりとした穏やかな日々があって、そしてゆるやかに最後に向かって行く。ただ目の前のことだけを考えて、ただそこにある道を行く。

でも「もう一度行きたい」と思えば、すぐにでもイチから始めることができる。よく「人生は一度きり」とは言うけれど「そんなに焦りなさんな」「また始めたいと思うのならスタート地点はすぐそこにありますよ」って、そういう優しい言葉を掛けてくれているような気がしたんですよね。

四国八十八ヶ所、これは本当にオススメです。

（五月二十八日）

「二兎追う」ユーコン川で誓う

「『水曜どうでしょう』の旅で一番よかったのはどこですか？」という質問をよく受けます。すぐに頭に浮かぶのは、カナダのユーコン川です。

十四年前の二〇〇一年。ちょうど同じ六月のことでした。長い冬が終わり、山々からも雪が消えて、一年を通して最も日が長く、いろんな花が一斉に咲き乱れる北国の一番いい季節。そんな時季に僕らはカヌーに乗って一週間、カナダからベーリング海へ流れ込むユーコン川を一六〇〇キロ余り旅しました。そこは夜十一時ごろになんとなく夕暮れが訪れ、そのまま暗くならずに、なんとなく朝を迎えるという「白夜」の場所でした。

テレビのロケというのは、日没の時間がいつも気になります。暗くなると照明機材が必要で、なかなか思うような映像が撮れなくなってしまいますからね。夕暮れが近づくと気持ちが焦って「早く撮影を終わらせなきゃ」と思うものですが、なんせこの時は「白夜」。夕方六時にカヌーを降りて、キャンプを設営しても、まだまだ昼間のような日差しです。気持ちが焦るということが、まったくなかったんですね。

これは初めての経験でした。テントを立てて、火をおこして、釣り竿《ざお》を用意して、夕食のために魚を何匹か釣って、焚《た》き火でゆっくり焼いて、そんなことをしていてもまだまだ太陽は沈まない。本当の意味で、時間が止まっていたんです。

ユーコン川を下って、何日目かのキャンプ地で、僕らは川の流れに入り、冷たい水で髪を洗いました。焚き火を囲んで、濡《ぬ》れた髪を乾かしながら、川で冷やしておいた缶ビールをあけて、ゆっくり喉《のど》に流し込む。滔々《とうとう》と流れる川を見ながら、焚き火に手をかざし、ほろ酔い加減でとりとめもない話をする。

誰もいない、誰もじゃまをしない、ゆるやかな日差しだけが僕らにそそぐ。その時に、なんともいえない幸福感を覚えたんです。「この番組をやっててよかった」「このメンバーでやっててよかった」「この仕事をやっててよかった」って、心の底から。

実はちょうどこのころ、「水曜どうでしょう」のレギュラー放送をやめることを自分の中で決めていました。川を下りながら、ひとりでずっと思ってたんです。「こうやってこのメンバーで旅をするのはあと何回あるだろう」って。それは寂しい気持ちでもあり、一方で、この番組以外にもいろんなことをしたいという願いも混ざった複雑なものでした。

でも、そのキャンプ地で、幸福感に浸りながら強く思ったんです。「この番組はやめない」「この番組は一生手放さない」。その上で「この番組以外のこともやる」と。「二兎《と》を追うものは一兎をも得ず」と言うけれど、広い世界にはこんなに満ち足りた場所や時間がある。それなら多少忙しくなっても、多少の苦労はしても、「二兎を追ってもいいいんじゃないか」って。

先日五十歳になりました。あれから十年以上忙しく過ごしてきた今、「いつかみんなでまたあの場所を訪れたいな」って、そう思っています。

（六月四日）

番組作りとガーデニングの「極意」

花がきれいな時季になりましたね。私、こう見えてガーデニングが好きなんです。それはもう子供の名前に「花」という字を使うほどに。

今でこそ「ガーデニング」という言葉は一般的ですけど、日本で使われだしたのは二十年ほど前のことです。そのころ私は東京勤務で、最初のガーデニング・ブームに乗っかり、狭いベランダに鉢植えをいっぱい置いていました。

花だけではなく、コニファーと呼ばれる針葉樹やハーブも育てていました。札幌に異動になって引っ越しする時は、そんな鉢植えがトラックの半分近くを占めたほどです。

札幌で家を買う時の第一条件が、庭が広いこと。それで郊外の庭付きの中古住宅を買い、東京から持ってきた鉢植えを地植えしました。狭い鉢から解放された東京生まれの植物たちはぐんぐん育ち、二十年経った今でも、我が家の庭を埋め尽くしています。やっぱり北海道は植物にとってすこぶる環境がいいんですね。

多くの人が最初に植物にふれる機会というのは、小学校の夏休みじゃないでしょうか。アサガオの重い鉢植えを持って帰り、毎朝水をやり、いやいや観察日記をつけるっていう、あの体験。

ガーデニングという言葉が生まれる前は、日本では「園芸」という言葉が一般的でした。「園芸」には、おじいさんの趣味の盆栽とか温室で高価なランを育てるとか、「手間ひまかけて植物を生育する」という、どこか専門的で面倒くさそうな印象があります。でも「ガーデニング」は、植物で庭やベランダを「飾る」という意味合いの方が強くて、面倒くさいことが嫌いな私でも楽しめるものでした。

私は春や秋に毎年タネをまく一年草より、地味な花が多いけど植えっぱなしで、春になれば勝手に芽が出てくる宿根草の方が断然好きです。最初に植えるポジションだけ決めて、あとはもう植物の自主性に任せます。「こいつらがどんな風景を作り出すだろう?」と想像しながら、いろんな宿根草を混成して植えます。

数年経つと、勝手にポジションを変えて芽を出す宿根草もあります。でもそれが思ってもみなかった美しい自然のハーモニーを作り出したりして、時間はかかるけれど、宿根草はそこがおもしろいんですよ。一年草は春にタネをまけば、プラン通りのポジションでちゃんと派手な花を咲かせてくれますけど、冬を前に枯れてしまい、来年またイチからタネをまかなきゃいけないんですよね。

これって、テレビ番組に通じるところがあってね。いろんなタネをまいて、春と秋にパッと派手な花は咲かすけれど、花がしぼんだらもう終わりっていう一年草番組が多くて。

でも「水曜どうでしょう」は宿根草のような番組でございまして。来年でもう二十年になるんですけど、その間、出演者もスタッフも勝手にポジションを変えて、その中で自分たちなりのハーモニーを見つけ出してしぶとく花を咲かせ続けています。

やっぱり、北海道の土が良かったんでしょうね。

（六月十八日）

挑戦し、できぬと気づくのが「成長」

役者として初舞台を踏んだのが去年の六月のことでした。あれから何本もの芝居に出て、今やすっかり楽しく役者をやっています。

「ディレクターから立場を変え、役者として芝居に挑戦することに不安はなかったんですか？」と聞かれますが、不安はそもそもありませんでした。なぜなら「役者ができそうだ」と思ったからやっただけのことで「できそうもないことに挑戦した」わけではないからです。

なぜかみんな「挑戦」という言葉が好きなようで、なにか事を始めると、やたらと「挑戦ですね！」と言いたがるものなんですね。でも僕は「挑戦」という、無謀で苦しいことはやりたくありません。それでも「やれ」と言われたら、なんとか理由をつけて逃げます。だって、やったところで成果が挙がらないことがわかっていますから。

若い頃は「苦手な教科もやりなさい」と言われればそれなりにやったし、ラグビー部で「苦しくても走れ!」「怖くてもタックルしろ!」と言われたらやっていました。でも、やっているうちにだんだんわかってきたんです。自分は文系科目の方が得意だし、常に走り回ってタックルするよりも、流れを読んで攻撃に参加する方が向いていると。

結局、得意な分野を伸ばして大学に入ることができたし、ラグビーも十年続けられました。若い頃は自分になにができるのかわからないのだから、やれと言われたら挑戦してみるのは意味のあることだと思います。でも、やがてどこかで自分にできることとできないことに気付くのが「成長」だと思うのです。

ところが、社会に出ると、若い頃より「できなくてもやれ」という理不尽なオーダーが増えるような気がします。できなければ「子供じゃないんだから!」とどやしつけられるか、もしくは「やってます」という態度さえ見せれば成果が挙がらなくても「よくがんばった」とねぎらいの言葉をかけてもらえるか。

だけどそれは、達成できない目標を立ててやらせた者が愚かなのです。「やれと言ったらやれ」と言うのは「成長」せずに大人になってしまった人で、自分よりも他人が成長することを恐れて無理難題をふっかけ、挫折させてしまうわけです。

「水曜どうでしょう」を立ち上げる時、実は「音楽番組の要素を入れてくれ」というオーダーがありました。でも僕は音楽に興味がなかったので、自分が得意なバラエティー番組に変えていきました。あの時、言われるがままにしていたら「よくがんばったな」と言われつつ、番組は打ち切られていたかもしれません。

芝居を始めて一年ですが、早くも「座長」に就任し、大阪の劇団と「藤村源五郎一座」なるユニットを組んで時代劇の公演をいたします。「がんばってますので、観《み》に来て下さい！」とは言いません。楽しいから観に来て下さい！　あす三日と四日の二日間、札幌キューブガーデンにて！　当日券ございます！　最後は宣伝で申し訳ございませんでした！

（七月二日）

無意味な行為の中の大切なもの

　もう三十年も昔のことになりますけど、大学時代、ラグビー部の友人たちと同じボロアパートに住んでおりましてね。練習が終われば誰かの部屋に集まってウダウダと寝転がり、夜中になればインスタントラーメンを作って、またウダウダと寝転がって無為な時間を過ごすというような生活をしておりました。

　気が付けば夜が明けているなんてこともよくあり、いつだったか「朝日を見に行こう」なんて話になって、男四人ぐらいでオンボロの車に乗り石狩浜《いしかりはま》あたりの海に行ったことがあります。

　女の子と行くなら、それはまたなにかしらの明るい展望のようなものが開けて朝日も輝いて見えるでしょうに、ただただヒマを持て余した汗臭い男たちが、ギュウギュウになって夜明けの海に向かったところでなんの意味があるのかと思いますけど、いわゆる青春時代というのはしばしばこういう無意味な行動をとってしまうものなんですね。

誰もいない海に降り立ち、まばゆい陽光がキラキラと海を照らす中で、汗臭い男たちは半開きの目で「まぶしいなぁ」などと舌打ちし、またしてもてんでに寝転がって、「じゃそろそろ行くか」「今度はオマエ運転しろよ」「ヤダよ」などと小競り合いをしながら帰って行く。それはもう無意味にもほどがある行為ではありますけれども、なぜだかそこにはとても大切なものがあったような気がします。

きっと誰もが持っている何か。でもその何かを、人は長く世間に暮らしていくうちに少しずつなくしていくんですよね。世間は、意味のないもの、効率の悪いもの、勝手気ままなもの、そういうものを排除していきますから。でもその中にこそ、何か大切なものがあるんでしょうね。

思えば「水曜どうでしょう」という番組は、この「少しずつなくしていく大切なもの」を、いつまでも持ち続けようとあがいているのだと思います。世間の流れと関係のないところで、自分たちが思うまま続けること。朝日を見たいと思えば海に行く。

いい年をしていつまでもそれをやり続けるのは、とても身勝手だと思われますが、でもそうしないと大切な何かを失ってしまいます。

一緒に番組を作っている嬉野さんが、いつだったかこんなことを言いました。「番組を始めたころの僕らは、なにもない原っぱに四人だけで立っていたようなものですよ」と。それはとても不安で、だから多くの人は誰かが作った道を探して、後を追って行こうとします。

でも僕らは誰の後も追わずに番組を作ろうとしていました。僕らは不安をぬぐい去るように大声を出し、大声で笑い、時に不安に負けて愚痴を言い、ケンカしながら誰もいない原っぱを四人で歩いていました。

「でもね」と、嬉野さんは続けて言いました。「僕らの頭上には、抜けるような青空が広がっていたんですよ」と。

「水曜どうでしょう」の四人の平均年齢は五十歳を超えました。それでも四人が集まったときには、青空だけを見て歩きたいと思っています。

（七月十六日）

若者に発想求めず、経験積ませよ

「若者には自由な発想をどんどん出してほしい」「若いんだから前例にとらわれず新しい発想を」みたいなことってよく言われるじゃないですか。そう言われて「わかりました！　こういうのはどうですか？」って提案して「それは斬新な発想だね！　よしやってみよう！」って実現することってあります？　そんなことは、ほぼ皆無なんですよね。

僕ね、自分を振り返って思うんですけど、若い頃にそんな「斬新な発想力」なんて無かったんですよ。入社試験の時に「番組の企画を考えてカメラ前で発表する」というのがあったんですけど、今考えてまったくおもしろくもない企画を出しましたからね。

入社してからも若手時代にいくつか企画書を書きましたけど、恥ずかしくて読めたもんじゃないですよ。五十歳になった今の方がよっぽど自由な発想ができています。

若い頃は、当然のことながら経験がありません。「経験がないからこそ新しい発想が生まれる」と言う人がいますけど、そういう人は信用しない方がいいですよ。

そういう人に「前例にとらわれない自由な発想を！」なんて言われて何かを発案すれば、だいたいこう言われます。「それはキミ、斬新ではなくて突飛《とっぴ》な発想と言うんだよ。問題点が多過ぎるだろ」と。問題点が多いのは当たり前なんです。だって経験がないんだから。若い人の発想に対して問題点を指摘するのは本末転倒なんです。

二十年前「水曜どうでしょう」がスタートする前に、広告代理店やマスコミを集めて制作発表をしました。その時に僕は「とにかくおもしろいことをします。あとはやってみないとわかりません」としか言えなくて、みんなが首をかしげてポカーンとしていたのを覚えています。

それでもやらせてもらい、いろんな経験をして、考えて考えて、今でも考え続けているからこそ新たな発想が生まれてくるんだと思います。

「発想」というのは、いきなりポンと頭に浮かぶものではないと思うんです。社会に出て、多くの人とつながりを持って、世の中の動きが見えてきて、それでようやく「じゃあこういうことをやった方が今よりもっとよくなるんじゃないか？」という自分なりの「思い」であったり「考え」が出てくるようになる。それこそが「発想」というものじゃないんでしょうか。

でもね、いろんな経験をするうちに逆に社会にのみ込まれて、自分で考えることを放棄してしまう人たちもたくさんいます。「こうした方がいいんじゃないか」と自分で考えて行動するより、言われたことだけをやり、判断を上に任せて、他人の問題点ばかりを指摘する人たちです。

そういう人に限って「若い人には新しい発想をどんどん出してもらって」と言うんです。それは単に考えることを若い人に丸投げしているだけのことです。

若い人たちには「発想」を求めるのではなく、とにかくやらせてあげて経験を積ませる。大人がすべきことって、それだけだと思うんです。

（八月六日）

悪態は距離縮めたいから

毒蝮三太夫《どくまむしさんだゆう》ってリポーターがいてね、このおじさんはそこらへんにいるおばさまたちに平気で「おいクソババァ」って言うんですよ。「そんな失礼なことよく言えるな」って思いますけど、おばさまたちからはかなり人気があるんですね。

小学校のころ、親父《おやじ》とおばあさんのお見舞いに行ったんですけど、おばあさんの顔を見るなり親父は「なんだ？　まだ生きとったんか」なんて言いましてね、おばあさんも「まだ死んどらんわ」なんて笑いながら答えていたのをよく覚えてます。

最近はこうやって面と向かってわざと悪態をつく人をあまり見なくなりましたよね。

反対にネット上には遠慮のない言葉があふれ、海の向こうの国の悪口を平気で言ったり。

先日、欽ちゃん（萩本欽一さん）が北海道に来まして、一緒に町を歩いたんですけど、軒先でつぶ貝を焼いているお店にズカズカと入り込んで、おばちゃんに「なんだいこれ？　サザエじゃないの？」なんていきなり聞きましてね。

二個で六百円だけど「俺は一個でいいんだよ」なんて多少の小競り合いをおばちゃんとして「いいから一個よこしなさいよ」ってその場で食べたら「熱っ！　おばちゃん熱過ぎるよコレ！」なんてまた文句を言い出して。おばちゃんはケラケラ笑いながら「食べ方が悪いんだよ！」なんて言ってってね。

最近は店員さんの言葉遣いがやけに丁寧ですからね。この場合もたぶん「こちら、つぶ貝の温度の方が多少高温になっておりますのでお気をつけください」なんて先に言うんでしょうね。さすがの欽ちゃんも黙って食べるしかないでしょう。

「水曜どうでしょう」も言葉遣いが乱暴です。「バカじゃないの？」「なにコノ！」なんてズケズケと相手を罵倒するんです。これって実はロケの時だけじゃなくて、普段からそうなんです。

久しぶりに大泉洋くんなんかと会っても僕は「相変わらずケチなやつだなぁ」なんて必ず悪態をつきますから。「おー藤村くんも相変わらずバカじゃないかぁ」なんて大泉くんも返してきて。

わざと悪態をつくのは、相手との距離を素早く縮めたいからなんですよね。親密に接したいから、逆に乱暴な言葉で会話の敷居を低くするというコミュニケーション方法です。子供のころ好きな女子にわざと「ブス！」って言う、あれですね。まぁ子供のころは相手にそのまんまの意味に取られて逆に関係を悪化させることの方が多いんですけど、それはお互いに幼稚だったから。大人になれば真意は理解できます。言葉の裏にある真意を汲《く》み取るのが大人のコミュニケーションってものです。

でも最近の店員さんの丁寧過ぎる言葉遣いには、コミュニケーションの奥深さをあまり感じません。ネット上にあふれる言葉にも、ヘイトスピーチと呼ばれる行為にも、コミュニケーション能力の低さが表れているような気がします。面と向かった相手にはフランクに、顔の見えない相手には丁寧に。これがコミュニケーションの基本だと思うんです。

（九月三日）

体裁捨てた開き直りこそ強み

「水曜どうでしょう」は、いわゆるテレビカメラではなく、家庭用のビデオカメラで撮影されています。今でこそホームビデオの性能も良くなり、テレビのロケでは普通に使われるようになりましたが、番組が始まった一九九六年当時は、緊急のニュース取材以外ではほとんど使われていませんでした。

ただその年の四月に始まった日本テレビの「進め！電波少年」のユーラシア大陸横断ヒッチハイクという企画では、すべてがホームビデオで撮影されていました。今や売れっ子となった有吉弘行《ありよしひろいき》さんが猿岩石というコンビ名でやっていた企画です。

カメラマンではなくディレクターがビデオ片手に同行し、臨場感たっぷりに過酷な旅を映し出す。

「これはいい！　人も予算も少ないローカル局こそ採り入れるべきだ」と思ったんですが、番組スタート前にこんなことを言われました。「すべてホームビデオで撮影するのはテレビとしてはどうかと思う。必ずテレビカメラも使うように」と。

しょうがなく、番組の最初と最後にアリバイ的に出演者をテレビカメラの前に立たせ、「こんばんは、『水曜どうでしょう』です」とあいさつさせることで、無事に番組はスタートしました。

ホームビデオの利点はわかっても、まずは「テレビとしての体裁」を考えてしまうんですね。「恥ずかしくないだろうか」という思いが先に立ち、新しいことに手を出せない。これが「地方の保守性」です。実験的な番組のほとんどがキー局で作られ、昔ながらの手法で作られる番組がローカル局に多いのは、まさにこの保守性によるものです。

ただ保守性は悪いことばかりではありません。放送開始から三十年近くたつ大阪・朝日放送の「探偵！ナイトスクープ」は、長い間番組づくりにかかわった松本修《まつもとおさむ》・元プロデューサーの方針もあり、ほとんど作り方を変えずに、あえて古くささを残すことで人気の維持に成功しています。安易に新しいことに手を出さず、かたくなに自分たちの手法を守ることで、視聴者が安心して見られる番組になる。地方の保守性は、こういう好結果も生み出します。

でも残念ながら、そうしたいい意味での保守本流を意識的に貫く地方番組もまた少なくなっています。キー局で流行した番組があれば、すぐに手法を真似《まね》て、自分たちの番組を簡単に変えてしまうからです。

「地方の保守性」がよくない方に働くとき、その根本にあるのは「体裁」です。「どうせ地方だから」と馬鹿にされないように体裁を整えることをまず考える。そこでの体裁とはつまり「東京や全国のスタンダード」です。

自分たちは手をつけない新手法も「東京のスタンダード」になれば安心して手を出せる。「これが新しいやり方だ」と全国的に認知されれば始められる。でも、それではすべてが後追いです。

「恥ずかしくたっていいじゃない」「古くさくたっていいじゃない」。そう開き直ることこそが本当の地方の強みだと僕は思うんです。

（九月十七日）

先入観で関西嫌い、損してた

名古屋生まれの僕は、関西弁が嫌いでした。僕は北大に入学し、札幌に住み始めてすぐに名古屋弁が出なくなったんですけど、関西からやってきた連中はいつまでたっても「せやろ」「アホちゃうか」「ええやん」と関西弁のまま。それに「笑いは関西」「関西人はボケとツッコミ」「おもろないヤツは関西人やない」みたいな笑いに対する自意識過剰ぶりも嫌いでした。

北海道で「水曜どうでしょう」を作り上げる一つの原動力になったのが、実は「笑いは関西だと誰が決めたんだ？」という反抗心です。「笑いは吉本の専売特許じゃない」「笑いに対する日本人の感性はもっと幅広い」ということを自分が作る番組で示したかった。北海道で生まれた「水曜どうでしょう」は、関西とは違う笑いの路線を突き進みました。

ところが、です。数年前、大阪を訪れたときに妙な居心地の良さを感じたんです。それが何かはわからなかったんですが、対抗心がスッと消えてしまいました。長女が大阪、次女が京都の大学に進学したときも最初は「なぜそろって関西に？」と思いながら、すぐに「それもいいいんじゃないか」とすんなり認める自分がいました。娘たちと大阪のなんばグランド花月に吉本新喜劇を観に行きました。みんなで腹を抱えて笑いました。「スゴいなあ！　関西の笑いはやっぱりスゴいなあ！」と無条件で認める自分がいました。

やがて、読売テレビで「ダウンタウンＤＸ」のプロデューサーをしていた西田二郎《にしだじろう》というコテコテの関西人と知り合い、コンビを組んで番組を作り始めました。彼の紹介で、大阪で時代劇をしている「笑撃武踊団」という劇団と知り合い、今では彼らと「藤村源五郎一座」という演劇ユニットを組んで座長になりました。

そして先月、ついに大阪市内に部屋を借りて、どっぷりと関西に浸る生活を始めてしまいました。

大阪は札幌と違い、狭くてひしめき合っていて、お世辞にもきれいといいがたい町ではあります。でも飾り気がなくて普段着の町とも言えます。

「そうだな」と言うより「せやな」の方が柔らかく、「バカか」と言うより「アホちゃうか」の方がきつくなく、なんでも「ええやん」で済ます関西弁は、コミュニケーションを円滑に進める上でとても使いやすい言葉だと気づきました。

ずっと毛嫌いしていたのは単なる先入観でした。食べ物の食わず嫌いと同じで、食べてしまえば案外「あれ？　うまいな」と思ってしまうような。「笑いは関西だけじゃない」という反抗心は、裏を返せば「笑いは関西が優れている」と、どっかで認めていたからなんでしょうね。

異質な文化に対する変な先入観は、良いものを見る目を失ってしまい、かえって自分が損をすると、今さらながらに思いました。

「それにしてもあんた、変わり身が早すぎるよね」と同僚の嬉野さんには言われましたが、でも、だだっ広い北海道に住んでいるみなさん、狭い大阪は案外居心地がいいですよ。


（十月一日）

科学とエンタメ、混ぜるとどうなる

唐突な話で恐縮なんですけど……。

「尿の色で健康状態がわかる」って言われるじゃないですか。だとしたら、便器に尿の色を検知する装置が付いていていて、おしっこをするたんびに、健康ならビカビカと青いランプが光って、病気の兆候があれば黄色いランプが点滅する、みたいな便器があったら毎日健康状態がチェックできるんじゃないでしょうか。

たとえば、バドミントンなんかでスマッシュを打つときの「スパーン！」っていう気持ちのいい打撃音。あの音がもっと大きく聞こえたらプレーヤーも観客も、もっと盛り上がれるんじゃないでしょうか。

たとえば、自転車の後ろに女の子を乗せて夕暮れの道を走った淡い青春の思い出。

あの背中に感じる柔らかな感触、フラついた瞬間に腰に回された手がぎゅっとなるあの感触。二人乗りは禁止だから、せめてそういう体験装置が付いた自転車があったらいいんじゃないでしょうか。

たとえば、人相で個人を判別するセキュリティーシステム。映画なんかでよく見るけど、精巧な覆面をつけたスパイなんかに簡単に突破されるじゃないですか。誰にもマネできないようなその人のヘン顔を事前に登録しておけば、さすがの００７もマネできないと思うんですよね。

ほんとに唐突なことを書いて申し訳ないんですが、実はここに書いたことはすべて、実際に大学で研究されていることなんです。

情報処理学会の中に全国の大学から参加者がいる「エンタテインメントコンピューティング（ＥＣ）研究会」という組織がありまして、そこが主催する全国大会が先日、北大と札幌市教育文化会館で開かれました。そこになぜか招待されて講演をしたんですけど、当日配布された研究一覧の中に先に書いたような事例が載っていたんですよね。もうツッコミどころ満載で思わず笑ってしまいました。

ＥＣ研究会とは「コンピューターをはじめとする科学分野が、いかにエンターテインメントに寄与できるかを学術的に探求する」という研究会で、おカタい科学分野とやわらかいエンターテインメントという相反する世界の融合を考えている全国的な組織なんですよ。

僕はその講演の中で「エンターテインメントには、自分が楽しいと思える主観性と、見る人に楽しいと思われる客観性が両方バランスよくあることが必要だ」と話しました。自分だけが楽しいものではダメだし、客のニーズだけを考えて作るとどれも似通った個性のないものになってしまう。主観と客観という相反するものを両方持つことが必要だと。

相反する二面性を同居させることって、実はとても大事なことだと思います。たとえば、実用性だけを考えて作ったものより、そこにデザイン性を採り入れて作ったもののの方がずっと魅力的になります。ＥＣ研究会の研究事例は、一見バカバカしいものにも見えますが、科学とエンターテインメントを同居させようというその考え方に、僕は大きな可能性を感じたんです。

（十月十五日）

できる範囲で、無理せず走る

先日、大阪マラソンに出場しました。フルマラソンはこれで五回目。タイムは四時間半から五時間台。「もう少し速く走れるんじゃないか?」なんて毎回思っています。

ランニングを始めたのは四十歳を過ぎてから。ある日、犬の散歩をしていたら、犬が突然走り出して全力で追っかけたんですよね。たかが五〇メートルぐらいだったと思うんですが、すごく息切れしてしまって。

「え? おれはこんなに走れないのか?」って愕然《がくぜん》としましてね。大学までずっとラグビーをしていたから、体力には自信があったんです。でもそれが全部打ち砕かれて。

翌日から少しずつ走り出しました。最初は一〇〇メートルぐらい走って息切れしたら休み、まだ走れると思ったら続ける、という具合に無理をせず。毎日のように繰り返しているうち、翌年には一〇キロぐらい続けて走れるようになりました。「おっ？　まだできるじゃん」ってうれしくなり、タイムを計りながら走るようになって。そしたらタイムが伸びるんですよ。それがまたうれしくてね。

各地でマラソン大会がありますけど、出場者は圧倒的に中高年が多いですよね。それ、とってもよくわかるんです。僕だって二十代のころに、わざわざマラソンやろうなんて思わなかったですもん。仕事だって忙しいし、休日は遊びに行きたいし、毎日トレーニングなんてしたくないですもん。実際、体力はありましたし、ほかにもっと楽しそうなことがありましたからね。

四十歳を過ぎたころに走り始め、今年で五十歳になりました。六十歳までになんとか三時間台を出したいと思っています。これからも毎日こつこつと走っていれば、不可能なことではないと思っています。

でもそれは、かつて抱いていた「がんばれば自分はきっとできる！」という「若さに任せた無制限な希望」ではなく、「これくらいなら体力的にはまだ不可能ではない」という「自身への諦めもはらんだ限定的な希望」です。若いころであれば二時間台も狙えたのでしょうが、今はそれが不可能なことを十分にわかっています。

つまり僕には、そろそろ人生の終盤に近づいているという自覚があるのです。「その中でできることは何か」と考えれば、現実にできる範囲の希望が浮かび上がってくるわけです。「あと何年でそれをやらなければならないか?」という計算もするようになる。

これってね、とても良いことだと思うんです。若いころは漠然とした希望しかないから、悩みも多くなる。でも年をとれば「なんでもできるわけじゃない」とわかってくるから、悩みは格段に少なくなる。

もし年をとっても悩んでいるなら、まだ「漠然とした大きな希望」を持っているからじゃないでしょうか。それって、不老不死ならいいんでしょうが、叶《かな》えるのってたぶんもう無理だと思うんです。だったら年相応の「諦め半分の限定的な希望」を持っていた方が、きっといろんなことが楽になると僕は思います。

（十一月五日）

人は変わらない、そこに安心感

生まれは名古屋なんですけど、小学一年から四年まで父の実家の新城市《しんしろ》という愛知県の山間部に住んでいました。ランドセルを背負って二キロの山道を毎日学校まで通う。田んぼでカエルをとり、池でザリガニをとり、山の中に基地を作り、川で泳ぐ。絵に描いたような田舎の遊びを満喫しました。長い人生の中のたった四年間だけれど、ぼくの故郷はあそこだったと、今でも思います。

一年前、当時の同級生からいきなり電話がきました。

「おれのこと覚えてる?」「覚えてる覚えてる! ◯◯くんだよね」「そうそう! たーくん（そのころはそう呼ばれてました）に連絡を取りたくてさぁ」「いやぁー懐かしいね、みんなどうしてる?」

そんな会話を交わして一年後、ぼくが久しぶりに帰郷する日に合わせて、彼は当時よく一緒に遊んでいた仲間たちに声をかけ、小さな同窓会を開いてくれました。

四年生のときに転校してしまったので、実に四十年ぶりの対面。顔を見た瞬間に「ははは！　全然変わってないね」というやつもいれば、「わかんなかった」と言うほど印象が変わったやつもいます。でも会って一時間もすれば、当時のあだ名で呼び合うようになり、そうなれば四十年前と変わらない関係に戻るんですよね。

よくしゃべるやつは相変わらずよくしゃべり、無口だったやつは黙ってニコニコみんなの話を聞いている。「みんな変わっとらんなぁ」「いやいや！　たーくんが一番変わっとらんよ」なんて言いながら、朝方まで盛り上がりました。

四十歳を超えたころから、昔の同級生たちと会う機会が増えました。二十代、三十代は仕事が忙しく、結婚や子育てもあって、昔を思い出す余裕もなかったんでしょうね。いや、実際は余裕がないというより「過去を切り捨てていた」という方が正しいかもしれません。

小中学校の狭い人間関係から一気に広い社会に飛び出して、その中で自分は変わっていくんだ、昔の自分とは違うんだ、昔の仲間たちとは違う人間関係を作っていくんだと、そう思いながら過去と決別していたんだと思います。

でも四十代になり、子育ても仕事も落ち着き始めたころ、不意に昔を思い出して無性に友たちに会いたくなる。いくら広い人間関係を作ろうと「自分と同じ過去を共有できるのは同級生しかいない」ということに気づくからです。

過去を共有できるというのはそれだけでとても強固で、幸福な人間関係なんです。「みんな変わってないね」と確認できたときの妙な安心感。

考えてみれば不思議ですよね。

「自分は変わるんだ」ってがんばっていたはずなのに、結局変わらないことに安心する。もし若い人で「もっと変わらなきゃ」「もっとがんばらなきゃ」って思い詰めてしまっている人がいたとしたら、ぼくはこう言いたい。

人間は結局のところ変わらない。だったら自分のダメなところも謙虚に肯定してしまおう。そうすれば自分への苛立《いらだ》ちも、他人への苛立ちもきっと少なくなるよと。

（十一月十九日）

本気出せば、どんな仕事も楽しく

先日、飲み屋で「水曜どうでしょう」を知らない人にそのおもしろさを必死で説明する人の姿を見かけました。

「あのね、ディレクターがタレントに本気でバカとか言うのよ」「え？　それダメでしょう」「いやいや、そこがおもしろいのよ！　あははははは！」「ふーん……」。残念ながらその説明では、あまりおもしろさは伝わらなかったようです。

ある大学の先生が「どうでしょう」についてこんな例え話をしてくれました。

「赤ちゃんが泣いたり子供同士がケンカしたりしてても、見ている周りの人ってほほえましいと思ったりするでしょう。その感覚に近いと思います」と。なるほどと思いました。いい大人たちが旅先でケンカし、愚痴を言い、小さなことで大笑いし、早く家に帰りたいと涙ぐむ。確かにまるで子供のようです。

赤ちゃんはお腹《なか》が空《す》いただけで泣き、子供はおもちゃの取り合いでケンカをし、歯医者に行きたくない！とダダをこねる。イヤなものはイヤという正直さがそこにあります。正直な気持ちを前面に押し出している姿を見ると、ついほほえましく思ってしまうんですね。

大人になると、イヤなものをイヤとなかなか言えなくなります。大人の世界では単なるわがままと受け取られてしまうから、イヤなことでも自分を押し殺して、我慢してやらなきゃいけない。

それを「努力」という言葉で人は褒めるけれど、本当にそれでいいんでしょうか。そこにはとても大事なものが欠如してないでしょうか。それは「本気さ」です。赤ちゃんは本気で泣き、子供は本気でダダをこねる。だから見ていてイヤな気持ちにはならないのです。

ドラマ「下町ロケット」が高視聴率を取っています。阿部寛《あべひろし》演じる中小企業の社長が、いつか自分たちの技術でロケットを飛ばしたいと奮闘します。社内からはそんな夢みたいなことに本気になるより、もっと現実を見てください、無駄な技術開発にお金をかけるより給料を上げてくださいと詰め寄られる。しかし最後には、無駄だと思われていたロケット技術が会社を救うことになる。

そんなお話で、多くのサラリーマンが日曜日の夜、阿部寛や技術開発部長役の安田《やすだ》顕《けん》とともに暑苦しい涙を流しています。かくいう私も同じで「やっぱり仕事は本気でやらないと！」と、清々《すがすが》しい涙を流して寝ています。

しかしながら月曜日の朝になれば、多くのサラリーマンたちは現実に引き戻されて、努力という言葉で粉飾された仕事に身を置くことになります。「やっぱりドラマのようにはいかないわ」と。

サラリーマン諸君！　そう思っていては、仕事はいつまでたっても楽しいものにはなりませんよ。そんな時には「水曜どうでしょう」を観《み》て下さい。「下町ロケット」よりもずっと低レベルなことに、本気で立ち向かう男たちの姿があります。ロケットは作れなくても、本気でやればどんな仕事も熱く楽しくなるのです。最後は高視聴率番組にあやかって宣伝させていただきました。

（十二月三日）

またひとつ新たな世界知った一年

二〇一五年も終わりに近づいてきました。いつからなんでしょうね、一年があっという間に終わるようになってしまったのは。小学生のころは一週間がとても長くて、日曜日の夜がとても寂しかったのに、「サザエさん」のエンディングが嫌だったのに、そんな感傷を味わうこともなくなってしまいました。でもそれは、とてもよいことだと思っています。

今年、僕は五十歳になりました。三十年近く会社に勤めたこの年代は、すでに現場を離れて管理職となり、今後は役員として残れるのかとか、定年まで全うできるのかとか、そろそろサラリーマンとしての終わりが見えてくる大事な時期とも言えます。

でも僕は今年、例年よりも会社に顔を出さず、出張仕事を作っては多くの人と会い、有給休暇もたくさん取って一年を過ごしました。この年代だからこそ、会社にずっといるよりかは、これまで広げてきた世界をさらに広げていくことが、会社にとっても自分にとっても必要なことだと思ったからです。

昨年から仕事の合間をぬって芝居の役者として舞台に立つようになり、今年はそれに飽き足らず「藤村源五郎一座」という時代劇の一座を旗揚げして、各地で公演をするようになりました。

金もうけにはならないけれど、一座の劇団員が大阪在住なので、彼らと稽古をするために月三万五千円の部屋を借り、生活の場を少し大阪に移しました。札幌という美しく整備された街を離れ、ごちゃごちゃと人が行き交う大阪に行くと、そこは異世界でした。

そもそも北海道の雄大さに憧れて名古屋から移り住んだのに、なぜか猥雑な大阪という街にとても魅力を感じています。お芝居にしても大阪にしても、自分の知らない世界を知るというのは大きな喜びなのです。

小学生のころ、一週間がとても長く感じてしまったのは、いつも同じ通学路を通い、いつも同じクラスメートと、いつも同じ時間割で、授業が終われば同じ通学路を戻り、家に帰れば宿題をして夕飯を食べてテレビを見て寝るという、その日に起こることをすべて予見できてしまったからなんだと思います（諸説あるようですが）。

でもそれは狭い世界にいたから予見できただけのこと。年を重ねていくと自然に世界は広くなり、自分の知らなかったことに出会う機会が格段に増えていきます。

そうするとあれもしたい、これもしなきゃと思うようになって、でも結局、なにもできないうちに時間だけがどんどんたち、だから一年があっという間に過ぎてしまうのだと思います。

でもこの年になると、たった一年であれもこれもできるわけがない、何をするにも時間はかかるということがわかっているから、あっという間に過ぎた一年を後悔することはありません。僕は、知らない世界をまたひとつ知ることができた、それだけで十分な一年でした。

きっとみなさんにも、なにかひとつはあったと思います。それを思い起こして今年の締めといたしましょう。少し早いですが、よいお年を。

（十二月十七日）

2016年

汗だくのおっさん、楽しく映像化

年末に鹿児島県の志布志市《しぶし》で講演とワークショップをしました。

「映像による町おこし」といったテーマで、ワークショップのほうは志布志市民を中心に三十人ほどが参加し、一緒に映像作品を作りました。

最初に僕なりの映像作りの考え方を話しました。こうやったら上手に撮れるとか、いわゆる技術的なノウハウはあまり重要ではありません。むしろそういう技術面にとらわれていると、結局なにを伝えたいのか自分自身もわからなくなってしまう。

プロだろうが素人だろうが、大事なのは「これだけはなんとしても伝えたい！」という熱意です。ペラペラと冗舌に話をしたところで内容がまるで耳に入らない人っているでしょう。それよりも汗をかきながら熱心に話をしている人の方が強く印象に残る。

華麗なプレーのプロ野球もおもしろいけれど、泥臭い熱闘甲子園はそれに負けない感動を生む。なんならそこらへんのおっさんが汗だくで何時間もバットを素振りしている姿だって、それを目の当たりにすれば人はきっと感動するでしょう。

みなさんは志布志という小さな町に住む素人なんだから、華麗なプロ野球を目指すのではなく、おっさんの素振り的な映像を作りましょうよと、そんな話をしました。

続いては実践編。では実際に志布志をアピールする映像を作ってみましょう。テーマは、こじつけですけど「志布志で４２４《シブシ》」。

そうして一時間後、それぞれが企画を発表。「４２４年前の志布志を再現してみよう」「志布志で一番高い標高４２０メートルの山をみんなの力で４メートルかさ上げしよう」「42・１９５キロを走り終えた直後の人たちが競う２０５メートル走。名付けて志布志《４２４》マラソン」などなど。

「この中から今日みんなで作る映像を一つ決めましょう」と、投票で選ばれたのが「志布志で４２４チャレンジ」という企画。

発案者いわく「藤村さんが言った『おっさんの素振りだって感動を生む』という考

えにとても共感した」と。「ぜひとも実際に映像で撮ってみたい。ついては、おっさんである藤村さんに志布志で424回腹筋をするというチャレンジをしてもらいたい」と。

「いやいや待て待て！　あれはたとえ話であって！」と言ったところであとの祭り。市役所志布志支所の玄関前で腹筋をするハメになりました。アップを撮る人、庁舎の二階からロングショットを撮る人などなど、役割を決めて撮影スタート。みんなで「イーチ、ニー、サーン」とかけ声をかけて、支所前はちょっとしたイベント騒ぎ。四十分以上をかけてなんとか424回の腹筋をやり遂げました。

結局、撮影した映像が長過ぎてその日に作品を完成させることはできませんでしたが、参加者は「こんなに楽しい一日になるとは思ってもいませんでした」と言ってくれました。

そうです、映像作りって一生懸命やればやるほど楽しいんです。まぁ、翌日から僕だけ腰が痛かったけれど。

（一月十四日）

番組二十年、僕らの船は沈まない

「水曜どうでしょう」の放送開始は一九九六年。

当時、鈴井貴之さんはテレビやラジオの出演者でもあり、企画構成者でもあるというマルチな活動をしていました。一方、コンビを組む大泉洋は単なる学生。ディレクター陣は制作部に異動してまだ一年ちょっとの僕と、半年前に札幌に来たばかりの嬉野雅道さん。つまり番組制作の経験値が高かったのは鈴井さんだけ、というチームでした。

鈴井さんが最初に出してきた企画は、東京から札幌までサイコロの目に従って運任せで移動する「サイコロの旅」。日本中どこへ行くのかもわからない、何が起こるのかもわからない、それが果たしておもしろい番組になるのかもわからない。「でもそういうの、やってみたいじゃないですか」と彼は言いました。

ロケ開始日、僕らの中にはワクワクするような高揚感、なんてものはなく、不安しかありませんでした。みんなそれを口にすることなく「大丈夫、大丈夫」「なんとかなる」という言葉で不安を隠していました。

僕らは小さな船に乗って、まっ暗な海に漕《こ》ぎ出したようなものでした。提案した鈴井さんは、僕らの船をひとりで必死になって漕いでいました。経験値のある自分が汗をかいて漕がなければこの船は沈んでしまう、彼はそう思っていたんだと思います。

おかげで最初の航海を乗り越え、やがて一番若い大泉さんが船を漕ぐようになり、ディレクターの僕も負けじと漕ぐようになりました。

そうして四年後、鈴井さんが映画を作ることになり、番組を半年間休止しました。乗組員がひとりいなくなったら船は漕げない。彼が戻るまで航海はやめようと迷うことなく決めました。

でも後に鈴井さんは、打ち明けました。「あの時、僕は半年後にまた『水曜どうでしょう』に戻る気はなかったんです」と。鈴井さんは船を降りるつもりだったんです。

大泉さんが先頭に立って船を漕ぐようになり、僕が横でサポートし、船は順調に進むようになっていました。鈴井さんは自分の立ち位置を失ってしまったんです。

それでも彼は半年後、また戻ってくれました。立ち位置に迷いつつも、また一緒に航海に出てくれたんです。

最近、鈴井さんや嬉野さんと三人でよく飲みます。そのたび鈴井さんは「『水曜どうでしょう』って、ホントおもしろいよねぇ！」と笑います。「昔は心から楽しめない自分がいたけど、今はゲラゲラ笑っちゃう」と。

嬉野さんも言いました。「オレはずっと昔から、誰よりもあの番組はおもしろいと思っていたよ」と。「オレは後ろでずーっとあなたたちのことを見てたからね」と。

まっ暗な海を進む僕らの船は、漕ぎ手だけが必要なわけではありません。後方で見守ってくれる人がいるからこそ進んでいけるんです。でも鈴井さんは今、ただ後方で見守るだけじゃなく「大泉に負けないぐらいオレだって漕ぐよ！」という気持ちです。

番組がスタートして今年で二十年。僕らの船はどんな荒波がこようと沈まない船になりました。


（二月四日）

タレントさんって、裏表ないんだ

東京で、鈴井貴之さんの演劇プロジェクト・オーパーツ第三弾「ホーンテッドハウス（お化け屋敷）」というお芝居に役者として出ています。

お化け屋敷に勤務するドラキュラは正社員、お岩さんは契約社員、ゾンビはバイトと、雇用形態が違うことから生まれる軋轢《あつれき》を乗り越えて、傾きかけたお化け屋敷の再生に乗り出す、というようなお話です。

俳優の渡辺《わたなべ》いっけいさんも出演されています。いっけいさんとは七、八年前にHTBで出会いました。でもそれは仕事ではなく、彼はプライベートでふらりとHTBに来ていたんです。一般開放されているロビーを楽しそうに見学していたいっけいさんの姿を社員が見つけて聞いたところ「『水曜どうでしょう』の大ファンで、一度HT

Bの社屋を見てみたかったんです」と。

すぐさま中にいた僕に連絡が来てお会いしました。するといっけいさんは「いや！僕はもうホントにただのファンで、藤村さんとお会いするなんてホント、恐縮です」と終始、申し訳なさそうにしていました。

それがご縁で、僕が演出したドラマ「ミエルヒ」に出演していただき、そして今回、役者として同じ舞台に立っています。

数々のドラマに出演されているベテラン俳優さんなのに、芝居の稽古では誰よりも全力で、誰よりも動き回り、誰よりも汗をかいていました。「いや、ただの汗っかきなんです」と笑いながらタオルで顔を拭く姿に、一緒に舞台に立てることがうれしくてたまりませんでした。

タレントさんって、テレビに出ている時と、そうでない時のギャップがあるように思われていますけど、そんな裏表がある人なんてほとんどいません。

「テレビではニコニコしてたくせに、普通に歩いてるのを見かけたらムスっとしてた」とか「声をかけたら怪訝《けげん》な顔をされ、ちょっと感じ悪かった」とか言う人いますけど、考えてみてください。人間いつもニコニコ笑ってられませんよ。突然、知らない人に声をかけられたら誰だって「え、何ですか？」って顔になりますよ。真顔で歩いているだけで「ムスっとしてる」って言う人の方がおかしいんです。

僕ね、サラリーマンだからよくわかるんですけど、お得意先の前ではニコニコするくせに、社内では横柄な人のなんと多いことか。その態度の豹変《ひょうへん》たるやタレントさんたちの比じゃないです。

もちろんタレントさんの中にも表裏のある人はいるでしょうが、一般社会に比べたらものすごく少ない。だってタレントさんは、そもそも持っている人間性だけで勝負しているわけですからね。

先日、稽古終わりにいっけいさんらとご飯を食べていたら、笑福亭鶴瓶《しょうふくていつるべ》さんとたまたまお会いしました。みんなでご挨拶したら、一人ひとりに声をかけ、あのままの笑顔で「お芝居、がんばってください」と言われました。

そして本番初日の劇場に差し入れが届いていました。「やっぱり、あのまんまのいい人だぁー」と改めて思った次第です。

（二月十八日）

難局、やり過ごしちゃおう

昨年末、鹿児島に行ったときに訪れた酒蔵で、初対面の人にこんなことを言われたんです。「実は、ずっと藤村さんにお礼を言いたかったんです」と。

聞けば、娘さんが不登校になった時期があり、自宅を訪問してくれた先生から「どうせヒマだろ？　だったら一度これを見てみろ」と渡されたのが「水曜どうでしょう」のＤＶＤだったとのこと。

やがて娘さんの部屋から少しずつ笑い声が聞こえるようになり、その人も「そんなに面白いのか？」と一緒に見るようになり、二人で笑うようになったと。「おかげさまで娘はそれから徐々に復活し、今は結婚してお母さんになっています」と言われました。

つい先日もこんな手紙をもらいました。その方は数年前、白血病で長期入院をし生死をさまよったそう。「つらい治療が続いて泣いてばかりの日々に『水曜どうでしょう』を貸してくれた人がいました。めっちゃ笑いました！　入院中、あんなにも笑える自分に驚きました。とにかくお礼を言いたいんです。今は社会復帰もできました」と。

番組を作っている僕らには「困っている人を助けよう」「元気を与えよう」なんていう気持ちはサラサラありませんでした。むしろ僕ら自身が旅先で困り果て、元気をなくし、お互いを口汚くののしり合い、誰かに助けてもらいたかったぐらい。

でも始めてしまったことだから、キビしい境遇を呪いながらも、なんとかするしかありません。普通はそうなったら「一致団結してこの局面を乗り越えよう！」ってがんばるんでしょうけど、僕らはそんなこともしません。

口では「一致団結！」と言いながらも、いざとなったら「あんたが行きなさいよ」「おまえがやれよ」とまたすぐに内輪もめです。

そんなことしてたらますます状況が悪くなると思われるでしょうが、実はそんなことはないんです。

目の前のキビしい境遇を、僕らは「乗り越える」のではなく「やり過ごして」いるのです。「なんでこんなことになったんだよ」「おまえのせいだろ」なんて言いながら、少しずつ前に進んでいるうちに、難局は案外去ってしまう。そして、あっけらかんと「まぁまぁいいじゃないの」「もう済んだことなんだから」とガハハと笑ってすべてをなかったことにします。

反省がないから同じようなことを繰り返し、でもまた難局を適当にやり過ごして「今回もたいへんでしたねぇ」なんてひとごとのように言って帰ってくる。「水曜どうでしょう」というのは、そんな番組です。

不登校も病気も、それに「打ち勝つ」なんてのは精神的に相当のエネルギーが必要で、逆に精神が持たずに折れてしまった時の痛手の方が計り知れません。

ある程度は「やり過ごすしかないんだよ」ということを、僕らは知らず知らずのうちに番組で伝えていたのだと思います。「人間、そんなに強くないんだよ」「笑っていればなんとかなるさ」って。

（三月三日）

ストーブにテン⁉　格闘の結末は……

冬になると我が家の庭に野生のテンがやって来ます。イタチみたいな動物で黄色っぽい体に顔は白くてね。窓からそっと見ていると、こちらを警戒しながらもトコトコと庭を歩き回ってなかなか可愛いんです。

ところが今年の冬、ちょっとした異変が起きまして。出張中に奥さんからおびえたようなメールが入ったんです。「床下から物音がします。ヘンな鳴き声も。何かいます」と。どうやらテンが床下に侵入したらしいんですよね。でもまぁ可愛い動物だからそのぐらいはいいんじゃない？と思っていたんですけど……。

出張から帰って、録画してあった「真田丸《さなだまる》」を息子と一緒に夜中に見ていたんです。合戦のシーンで「いやーッ！　うわーッ！」と画面は勇ましく盛り上がっていたんですけど、そのシーンが終わってもなぜか「ぎゃーッ！」っていう悲鳴が聞こえるんです。すると息子が「あー、テンが床下にいるわ」と。

「ウソ！　こんな声なの！」って驚きましたよ。可愛い姿からは想像もできない「ギエーッ！　ギュワーッ！」ってすさまじい鳴き声。ちょっと怖くなりましてね。そしたら、そのオカルト的な悲鳴が徐々に近づいてくるんですよ。

「え？　えっ？」って思っているうちになんと！　部屋の薪ストーブの中から「ギエーッ！」って声がするんです。

「ヤバいぞ！　煙突からストーブの中に侵入した！」「ほんとだ！　中から声がする！」「おい！　なるべく大きな袋を持って来い！」「どうすんの？」「捕まえるんだよ！」「段ボールの方がいいんじゃない？」「ていうか、業者呼ぶか」「そんな業者いるの？」と息子と真夜中に大騒ぎです。

最終的に薪ストーブごと外に運び出して、中にいるテンを逃がすことにしました。まず、テンに気づかれないよう静かに煙突をはずし、息子とゆっくりストーブを持ち上げます。鋳物製で腰を痛めそうな超重量級。休み休み外まで運び出します。

「いいか気をつけろよ。窮鼠《きゅうそ》猫を嚙《か》むって言葉があるように、いきなり嚙み付くことだってあるからな」。息子に注意を促し「離れてろ、おれが開ける」と言って、バッと扉を放ちます。ところがテンは出てきません。「警戒してんだな」「懐中電灯で照らしてみる？」「よし、懐中電灯よこせ」。そう言ってストーブの中を恐る恐るのぞいてみると……テンがいません。え？　どういうこと？

冷静になって思い返してみると、ストーブを持ち上げた瞬間からテンの鳴き声はパッタリとやんでいました。驚いて声を出せないんだろうと思っていましたが、どうやら元から中に入ってはいなかったんです。

ストーブと床下とをつなぐ煙突がスピーカーの役割をして、床下で騒いでいるテンの声をストーブの中に流していたんですね。

「あはははは！　なにやってんだよー！」と息子は大笑い。せっかくだからとふたりで真夜中にストーブの掃除をして、えっちらおっちらと部屋にまた戻しました。今年の冬の笑い話です。

（三月十七日）

カヌー旅、正直さゆえの悪態

大学時代にカヌーイストの野田知佑《のだともすけ》さんの本をたくさん読んでいまして、社会人になってからはカヌーを手に入れて、あちこちの川を下っていました。新婚旅行は趣味が高じて高知の四万十川《しまんとがわ》を下る旅をしましてね。奥さんにしてみたら海外にでも行きたかったんでしょうが、「絶対に楽しいから！」と自信満々に説き伏せて四国に向かいました。

日本最後の清流と言われる四万十川ですが、行ってみると想像以上に急流でして。もうね、かなり怖いんですよ。ジェットコースター並みに荒波に突っ込み、バッシャーン！と水浸しになるんです。

それでも「漕《こ》げー！　漕げー！」と前に乗る奥さんに号令をかけまして、奥さんはもう必死に漕いでおりましたが、左右に大きくうねる川の流れに翻弄《ほんろう》されてついに転覆しまして、二人とも急流に投げ出されてしまったんですよ。

「カヌーにつかまれ！　足を上げろ！　大丈夫だ！」と声をかけながら、一キロは流されましたかね。初心者でそんな所に連れて行かれて転覆までして、奥さんには地獄だったと思います。それ以来、川を見ると真顔で「怖い」と言いますからね。

野田さんの本には、しばしばカナダのユーコン川が登場していました。犬と一緒にカヌーに乗り、時には昼寝をしながらゆるやかな流れをゆったりと何日もかけて旅をする。カヌーイストの聖地と言われるその異国の大河をいつか下ってみたいという強い思いがありました。

二〇〇一年の夏、私は「昼寝ができるようなゆったりとした流れでね、絶対に楽しいから！」と三人の仲間を説き伏せて、憧れのその地に向かいました。ところがそのユーコン川も実際は思ったより流れが速く、私は「うわっ、はえぇーな！　ちょっと怖いですね」と言ってしまいました。「おい！　歩くような速さって言ってただろ！」と怒られましたがあとの祭り。

カヌーが流木に激突して二人の仲間は危険な目に遭い、蚊の大群に襲われて顔がボコボコになりました。「二度とこんな所に来るか！」「ユーコンくそくらえ！」と悪態をついていました。

　この旅の様子が水曜どうでしょうＤＶＤ「ユーコン川１６０キロ」として先月三十日発売となりました。完成したＤＶＤを、当時一緒に旅をした熊谷芳江《くまがえよしえ》さんに送りました。今もユーコン川で活動している現地ガイドの日本人女性です。

　彼女からメールが届きました。「嬉しくて嬉しくて一気に見ました。まわりに日本語がわかる人がいないので、一人でゲラゲラ笑いながら。ひとつひとつが懐かしく、本当にまたいつの日か皆さんと旅ができたらいいなぁ」と。

　彼女とは時々メールのやりとりをしていますが、「後にも先にもあんなに楽しかった旅はない」と何度も言ってくれます。不思議なものです。あんなに文句ばかり言う客もいないでしょうに。確かに僕らは悪態をつき続けた。

　でもそれはひとえにみんなが正直でまっすぐで、一生懸命だったから。そこが彼女の心に響いたんじゃないかと思うんです。

（四月七日）

夢物語から生まれた「玉手箱」

一年ほど前、さる大手企業からこんな依頼を受けました。

「最先端技術で画期的な試作品を作り出しました。ご意見をうかがいたいので、指定の場所までご足労願えませんか」

こんなこと言われたら、セキュリティー万全の研究棟の奥にある秘密部屋を想像するじゃありませんか。でも呼ばれたのはサラリーマンでごった返す飲み屋さん。

四人掛けのテーブルに六人でギュウギュウ詰めになりながら「融通のきく場所がここしかなくて……」と申し訳なさそうに謝る技術者たちに、「どこであろうと結構です」と平静を装いつつ、さっそく「その画期的なモノとは？」と尋ねました。代表者格の人が周りの目を気にしつつこう言ったのです。「玉手箱を作ったのです」と。

「え？　なになに？」

私の戸惑いなどお構いなしに、彼が取り出したのは、漆塗りに金箔《きんぱく》をちりばめた三段重ねのお重でした。「コレはあの、おせち料理とかを入れる？」「そうです。我々の技術とは、この箱に入っている限り、冷たいものは冷たいまま、熱いものは熱いまま、電力不要で温度を長時間維持できるというものなのです」

「つまり箱を開けない限り、食い物は年を取らないみたいな？」

「そうです！」

すかさずその技術者は飲み屋の亭主に「モツ煮ふたつ！」と注文し、熱々の一皿を私の前に置き、もう一皿をお重に入れました。「このまま三十分お待ちいただき、違いを体感していただきます」「はあ」。我々はビールを飲みながら、冷めていくモツ煮と豪華な重箱を三十分間、見つめ続けました。

「ではまず目の前のモツ煮をご賞味ください。どうですか」「冷めてます」「そうでしょう。でもこちらの箱に入ったモツ煮は」。そう言って技術者がうやうやしく玉手箱を開けると、フワッと湯気が立ち上りました。「おっ、すごいですね」「そうでしょう！　食べてみてください！」「温かい」「そうでしょう！　そうなんですよ！」

技術者たちはロケットが打ち上がったような歓声を上げましたが、正直なところ重箱から温かいモツ煮が出てきたところで、そんなにインパクトはないんですよね。レンジでチンすれば一分半で温められるし。

私は言いました。「なにも豪華なお重にしなくても、弁当箱とか保冷バッグとか、もっと実用的なモノにした方が売れるんじゃないですか?」「でもこの方が玉手箱っぽいでしょう?」「まあそうですけど」

考えてみれば「玉手箱を作る」という発想があったからこそ、彼らは電力不要の保温技術を極限まで発展させていったんです。実用本位で考えるよりも夢物語で発想する。世界基準でなく独自の尺度でモノ作りをする。その先にこそ世界を驚かす技術が生まれる可能性がある。

「玉手箱を作りました!」とうれしそうに言う技術者たちに、技術立国日本の神髄を見たような気がしました。昨年売り出されたものの、あまり話題になってないんですけどね。

(四月二十一日)

自分たちで楽しむ力、養って

新年度がスタートした先月、放送業界を目指す人たちの専門学校から講演を頼まれて、新入生を対象にこんな話をしました。

キミたちが今一番聞きたいのは「どうやったら放送業界に就職できるのか」「そのためにまず何を勉強すべきか」という具体的なことだと思います。それにはこれからいろんな人が「この知識だけは持っておいた方がいい」「この技術だけはちゃんと学んだ方が」と教えてくれるでしょう。話を聞いて「じゃあそこをがんばろう」と一生懸命やるのはとても良いことです。だってキミたちはいま何もわからないから、それを頼りにがんばるしかないからね。

僕もね、同じような気持ちで社会に出て、もう二十年以上も放送業界に勤めました。

で今思うのはね「人に言われたことだけをがんばっていたら、多分ずっと仕事を楽しめない人になってしまう」ということです。

厳しい言い方をすればね、言われたことをするだけなら誰にでも出来るんです。何年か経験を積めば誰にだって自分なりの考え方が出てくるものです。「先輩はこう言ってるけど自分ならこうする」ってね。でもそれを言うと先輩には「何を言ってんだ、まずは言われたことをやれ」と叱られます。

もちろん最初は言われたことをやらないといけません。でもそれをずっと続けているとね、いつしか自分の意見を言わなくなってしまいます。「どうせ反対されるんだから、言われたことだけやってる方が叱られない」と。そうやって諦めてしまう人が多くなったから、この業界にも楽しく仕事をする人が少なくなってしまいました。

「仕事を楽しむ人」っていうのはね、ワーワーといつも盛り上がっている人ということではなく、自分のやりたいことに打ち込む人です。自分で楽しいことを見つける人です。

キミたちはこれからいろんな授業を受け、つまらない授業だってあるでしょう。その時に「あー今日もつまんなかった」で終わってしまうなら、そんな人におもしろい番組は作れません。だって僕らの仕事は、つまらない番組をどうやったらおもしろくできるかを考えることだから。

だからね、もしつまらない授業があったとしたら、自分たちの力でなんとかおもしろい授業にできないかと考えてみてください。

例えばね、今僕の話を真剣に聞いて、うんうんと頷《うなず》いている人が何人かいるよね。そうするとこっちも気持ちがのって、もっといい話をしたくなるんだよね。だから、つまらない授業に当たったら、逆にみんなでうんうんと頷いてみせるってのはどうだろう？

そうすると先生だって気持ちがのって、少しは良い授業になるかもしれないし、相変わらずつまらない授業だったとしても「みんなで頷いてみようよ！」ってこと自体がとてもおもしろいじゃない。

キミたちがこれからの二年間でやるべきことはそこです。自分たちで楽しむ力を養う。その力があれば、僕らの業界は喜んでキミたちを迎え入れることができます。

（五月十二日）

経験積んだら、次は自分なりに

芝居の役者を始めて二年になろうとしています。初めて舞台に立ったのがイナダ組公演「わりと激しくゆっくりと」でした。そして今、同じ劇団の「亀屋ミュージック劇場」という作品に出ていて、本番が始まってもまだ役作りに悩んでいます。

なぜ五十歳にもなって、テレビ局員なのに映像ではなく芝居にのめり込み、裏方のスタッフのはずなのに表舞台に立つ役者をやろうと思ってしまったのか。わかりやすい理由としては、ディレクターである自分が実際に役者を体験すれば彼らの気持ちが理解でき、演出する際にも役立つだろうということ。

でも、そんな実務的なことだけじゃなく、もっと他に違う理由があるはずだとずっと考えていました。そうして今ようやく思いついた理由がひとつあります。

芝居はまず役を割り振られて、台本を渡されて、一生懸命セリフを覚えて、稽古中に演出家にあーしろこーしろと言われて、その通りに動いて、でも本番を迎えると緊張して、稽古で出来たことが舞台上では思った通りにいかなくて、やっぱり自分はまだまだと思い知らされる。

このプロセスって、実はそのまんま会社の仕事に当てはまるんですよね。だって仕事もまずはどっかの部署に配属されて、計画書やら目標を渡されて、一生懸命それに従って目標に向かう中で上司からあーしろこーしろと言われて、その通りにやるんだけど、いざ得意先を回った時とかプレゼンの時には緊張して、思い通りの仕事ができなくて、やっぱり自分はまだまだと思い知らされる。

でもね、僕のプロセスはちょっと違っていて。会社で役割を与えられると、とりあえずその役割を理解するまでは言うことを聞くんだけど、やがて上司の言う通りには仕事をしなくなる時があるんです。

だって多少なりとも経験を積めば、自分なりの考え方が出てくるから。出てきた時にとりあえずそれをやってみないと、言われたことが正しいのかどうかもわからないから。わからないまま言われたことだけをやっていては、全力で仕事に当たることができないから。自分の解釈でやった仕事が間違いであれば、逆に言われたことをちゃんと理解できるから。

芝居をやっている時もね、僕は自分なりにセリフを変えてしまうんです。自分が言いやすいように、気持ちが入りやすいように、勝手に変えてしまう。

そうすると演出家は「そのセリフは変えてもいいけど、ここだけは変えないで」って言ってくる。思考を巡らせていると、演出家が作り出そうとしている芝居の意図が見えてくる。そうなれば自分の言いにくかったセリフも、台本通りにすんなり言えるようになる。

五十歳ともなれば会社ではもう僕が上司で、僕の考えで仕事を進めなければいけません。でも芝居をやり続けている限り、僕に対して「それは違うよ」と言ってくれる演出家がいる。

それで僕も思考を止めずにまだまだ成長できることがとても楽しい。それが芝居をやっている大きな理由なんだなと今、思っています。

（五月二十六日）

四人の人生通じて見せる旅

いろんな方と会うたびに「『水曜どうでしょう』の新作待ってます！」と言われます。前回のアフリカ編から三年が経ちましたからそれは当然のことと思います。

十四年前に週一回のレギュラー放送を終えた時、僕はなんとなく「この番組はバラエティー番組だけれど、鈴井貴之、大泉洋、嬉野雅道、そして僕のこれからの人生を見せていく、長大なドキュメンタリー番組になるんじゃないか」と思いました。

バラエティー番組は面白さを追求し、面白くなくなればその寿命は終わります。でもこの番組に関わった僕らの人生はまだまだ続いていく。人生には楽しいときもあれば悲しいときもある。調子が良いときもあれば、悪いときもある。ドキュメンタリー番組であれば、悲しいときも映像に映し出し、それが人々の涙をさそいます。でも

「水曜どうでしょう」は基本的にはバラエティー番組ですから、僕らは旅先でつらいことがあってもケンカしても、最後は笑って旅を終えていました。

この番組が僕らの人生を映し出すドキュメンタリー番組でもあるとすれば、これからの僕らの人生に何があろうと、僕らは最後は笑って人生を終えなければいけない。なんとなくそんなことを思ったのです。

そのためには僕らの人生も、僕らがこれまでやってきた旅と同じように、楽しいと思えることを失敗を恐れずにやる。失敗したって落ち込まず「また最初からやればいいじゃん」と気持ちを新たにまた旅に出る。

大泉が東京に出て俳優になったのも、鈴井さんが赤平《あかびら》の山の中に生活の拠点を移したのも、嬉野さんが本を書いたのも、僕が芝居を始めたのも、それぞれの新しい旅で結局「水曜どうでしょう」という番組にフィードバックされていくんだろうと。だから僕らは、そのときに思ったことをやり続ける。そしてたまにみんなと一緒に旅に出る。そうすればいつでも笑っていられるだろうなって。

少し前、大泉洋と飲んだことがありました。ゲラゲラ笑いながら、こんな話をしました。

「『水曜どうでしょう』の最終回はどうなるんだろう？」「それは誰かが死んだときじゃないか？」「最初に死ぬのは誰だろう？」「年齢から言えば嬉野さんだけど、鈴井さんのような気がする」「だったら鈴井さんの遺影を持って旅に出ようか」「まぁ鈴井さんはもともとあんまりしゃべらないから番組的にはそれほど影響がないだろうしな」「大泉が先に死んだらどうする？」「さすがに大泉がいない旅は想像できないから葬式を番組にしよう」「棺おけの中にいる大泉に昔の面白い衣装を着せて一気に燃やしてやろう」「大泉、それでかまわないか？」「おー！　それは本望だ」

「水曜どうでしょう」の新作がいつになるのかは、まだわかりませんが、僕らにできることは、いつ旅に出てもいいように人生を送り、そして、人生を終える時に笑っていられるようにそれぞれが全力で生きること。それができているのなら、新作の旅に出る日はもう近いと思います。

（六月二日）

中高年よ　外に出よう、発見しよう

最近、自転車で通勤しています。自宅から会社まではおよそ十五キロ。一時間ほどかかりますが、行程の半分は川沿いに整備されたサイクリングロードなので、なかなかに気分が良い。いつも同じ道だと飽きてしまうので、たまにルートを変えて街の中を走ってみたり、途中でコンビニに寄って飲み物を買い、川を眺めながらちょっと休憩したりして、のんびり通勤しています。

社会人になって転職することもなく同じ会社に勤めて二十六年が経ちました。年齢も五十歳を超え、会社の仕組みや仕事のやり方はもう十分に理解しています。だいたいのことは「こうすればいいだろう」「そうすればこうなるだろう」と判断できるので仕事は早いです。

若いころは「こうすればいいだろうか?」「そうすればこうなるだろうか?」と悩みながら仕事をしましたから、かかる時間は必然的に長くなり、その中でいろんな気付きがあって、仕事上のスキルが身に付きました。

今はだいたい予想がつきますから、面倒くさいことになりそうな案件にはハナっから手をつけないとか、素早く誰かに振ってしまうというズル賢いスキルも身につきました。仕事はさらに早く片付きます。必然的に会社にいる時間がずいぶんと短くなりました。昔は夜中まで作業していたこともあったんですが、今は会社にいても、スマホでゲームしてたりして、ほんとダメな管理職です。

会社にいる時間が短くなった一方で、圧倒的に増えたのが社外の人たちと会う時間です。長いこと社会人をやっていれば、年を追うごとに外部の人脈が広がっていくものです。そこに新たな仕事が生まれる。この連載の仕事も朝日新聞の方と知り合ったからこそ生まれた、若いころには想像もできなかった仕事です。

四十代も半ばを過ぎれば、ズル賢いスキルが身に付くおかげもあって、社内にいるだけで若手からは厄介者に思われるようにもなります。ずっといたところでパソコンの前に座っている時間が長くなるだけで、新たな仕事は生まれない。それよりも、外に出て新たな仕事の可能性を探る方が、ずっと会社のためになると思うんです。

若いころは車で通勤していました。早く会社に着けるし、遅くまで仕事をしていても終電を気にする必要がないので仕事に没頭できます。でも会社に長くいて仕事の幅が広がるわけでもなくなった今、自転車でのんびりと通勤しています。

毎日ちょっとずつ道を変え、飽きないようにたまに休んだりしていると、季節の変化とか街の様子とか、とても小さなことだけれど新たな発見があります。その上、体は鍛えられて外に出ていく元気が保てます。

少しでも会社の外に出て、少しでも何かを持ち帰る。社内で試行錯誤しながら仕事をしている若い人たちのために、僕ら中高年ができる一番良いことって、これじゃないかと思うんです。


（六月十六日）

芝居する学生ってカッコいい

先月、札幌学生対校演劇祭の審査員に呼ばれました。大学を母体としている演劇団体が二十分以内の短編劇を作って競い合うコンテストです。札幌近郊の十一大学が参加しました。

審査員を引き受けるにあたり、まず考えたのは「学生の演劇なんてそもそも面白いのか?」ということです。これまでいろいろな演劇を観てきたけれど、中には途中で眠くなるものもたくさんありました。プロの劇団でさえそうなのに、と。

ところが予想に反して、学生たちが作り出すお芝居はとても面白かったのです。眠くなるどころか「次はどんな芝居だろう」って期待が膨らみました。声を出して笑ったり、思わずうなったり。

もちろんプロの役者に比べれば演技は下手だし、よくわからないストーリーもあったけれど、熱気はプロに負けていなかったんです。それは高校球児の甲子園と同じで、舞台に立つ学生たちから伝わる緊張感や一生懸命さは見ていて気持ちの良いものでした。

僕は中学から大学までずっとラグビー部というバリバリの体育会系。演劇をはじめとする美術や音楽などの文化系に所属する男子を、どこか「ダサい」と思っていました。「文化部は運動ができないやつが入る部活」みたいな、今思えば視野の狭い、かなりな偏見です。

ところが二十年前札幌に来て、大学生五人組が作り出すお芝居を観て「これは面白い！」と心から思いました。彼らはやがて札幌で一万人もの観客を動員する人気劇団へと成長しました。野球にしてもサッカーにしても、北海道の学生スポーツが一万人もの観客を集められません。でも彼らはそれをやった。

このとき初めて演劇部はカッコいいと思いました。彼らの名前は「チームナックス」。大泉洋をはじめ、今やみんなテレビ、映画の第一線で活躍する俳優になっています。

北海道の中学にも高校にも演劇部はあります。でも、どこも部員数が少ない、特に男子部員が少ないと聞きます。もしも中高生の男子たちが「サッカー部に入る？　それとも演劇部に入る？」なんて迷うぐらいになったら、北海道はきっともっと多くの俳優を輩出できる土地になるでしょうね。それは想像するだけでもとても楽しいことです。

さて今年の札幌学生対校演劇祭、最優秀賞の候補に挙がったのは、酪農学園大学と札幌市立大学でした。酪農大の演目はバカバカしいけれどとにかく観客が声を出して笑い、市立大は堅いテーマながら衣装も舞台装置も他校を圧倒する本格的なもの。審査員が悩んだ末に最優秀賞に選んだのは酪農大でした。発表の瞬間、彼らは抱き合って喜びを爆発させ、他校の学生は心から悔しがっていました。それはまさにスポーツと同じ盛り上がりでした。

北海道には、ファイターズやコンサドーレの試合を観るのと同じように、北海道の劇団の芝居を楽しむ、そうなる可能性が十分にあると、学生たちの盛り上がりを見て、僕は思いました。

（七月七日）

作り手と客、両方豊かにするには

占いのような性格診断をしてもらったら、僕は「金儲《もう》けの才覚が異常に高い」と言うんですよね。「やることがすべて金儲けにつながる」と。「それにしちゃあ大金持ちになってないぞ」と思いつつ、確かに「水曜どうでしょう」のＤＶＤはこれまでに四百万枚以上を売り上げて、売上高は百六十億円。Ｔシャツとかフィギュアとか様々なグッズも作っていて、総売上高は数百億円に上ります。でもね、これって「金儲けのためにやったこと」じゃないんです。

僕はテレビ局の社員ですから基本的には番組を作って放送していればそれでいいんです。でも「水曜どうでしょう」という番組は本当におもしろくて、放送するだけじゃなくＤＶＤという記録媒体に残しておきたくなった。

それで番組のレギュラー放送をやめてその制作を始めた。仕事として会社でやり続けるためには、それなりに売れてもらわなくては困ります。売れるためには内容を充実させるのはもちろんのこと、パッケージデザインから封入する冊子まですべてにおいて手抜きはできません。そうやって作るうちに四百万本が売れ、今でも立派な仕事になっているというだけのことなんです。

番組関連グッズも、まず最初に「作りたい」という衝動があって、でも売れなければ困るから、盛んに番組のホームページなどで宣伝活動をする。そうするうちに「金儲けのためにいろいろ作っている」みたいに言われることもありました。でもそれはまるっきり逆なんです。ＤＶＤもグッズも「作り続けるために金儲けをしている」のです。

作りたいから作ったモノには、並々ならぬ労力が注がれています。そのモノに確固たる愛情があり、それを売るためならば、いろんなアイデアが湧いてきます。だって僕は、そのモノを知り尽くしているから。それでも買わない客には、胸ぐらをつかんで「いいから買え！」と言い放つぐらいの覚悟もあります。だって僕には、それがどこにも負けない良いモノだという自信があるから。

世の中には「お客様の要望に応えて」作り出されたモノがたくさんあります。それはモノ作りの基本で、正しいことです。「作りたいから作ったモノ」でも、必要とされていないならば誰の生活も豊かにはしません。

でも、「今こういうモノが売れてます!」みたいなマーケティングに踊らされて、それを「お客様の要望に応えて」という言葉にすり替えて、作り手の愛情が注がれていないモノが世の中に溢《あふ》れていないでしょうか。「何はともあれ安さ!」という行き過ぎたコスト意識が、作り手にも客にも蔓延《まんえん》し過ぎていないでしょうか。それこそが「金儲けのためにやっている」ことに他ならず、作り手も客も豊かさを逆に失っているように思います。

「客が喜ぶモノを作る」のではなく「作り手が自信を持って作ったモノが客を喜ばす」ことの方が、双方の生活を豊かにし、それが最終的にお金儲けにつながる。僕はそう思っているんです。

(七月二十一日)

ポケGO、ハマった理由ゲット

ポケモンGOが大流行していますね。スマホを見ながら街角や公園にたむろしている人たちの姿を最初は冷ややかに見ていたんです。でもとりあえずダウンロードしてみようかと思ってやり始めたら、見事にハマってしまいました。

昔からゲームが好きだったわけではなくて、スーパーマリオもドラクエもやったことがありません。インベーダーゲームが流行《はや》った中学生のころ、僕はテレビのバラエティー番組を見る方が好きで、爆笑していたら母親から「テレビなんか見てないで勉強しなさい！」なんて怒られまして。テレビ全盛期で「テレビばっかり見てるとバカになる」「教育上よろしくない」なんて普通に言われていた時代でした。

その前の時代は、石原裕次郎《いしはらゆうじろう》さんはじめ今で言うイケメン俳優の皆さんの映画全盛期。若い女性がワーキャー騒いで映画館に押し寄せ、床が抜けたなんて事故も起きていました。いつの時代にも流行があり、そのたびに問題視されてきました。

そして今、ポケモンGOによって引き起こされる様々な現象が問題視されています。歩きスマホとか敷地への侵入とかね。ただ僕はゲームに熱中すること自体は別に悪いことではないと思っているんです。

人間であろうと動物であろうと、自分の持っている能力を使って生きています。その能力が最大限に生かされた時に人間は喜びを感じます。

頭がいい人は頭を使い、体が丈夫な人は体を使う。もしも頭のいい人が「もう全部コンピューターがやってくれるんで頭は使わなくても大丈夫ですよ」なんて言われたら、その人はどうなってしまうのでしょうか。

人間社会は急激に発達し、いろんなものが機械化され、体を使わなくても移動できる手段も持ちました。僕らは今、自分が持っている能力を持て余し、ヒマを持て余し、何をやればいいのか強い目標を持てないでいるような気がします。

ポケモンGOは、部屋に閉じこもっていたらできません。少しでも強いポケモン、珍しいポケモンを探すために、とにかく歩き出さないといけません。歩いている時もぼーっとしていたらポケモンを逃してしまいます。でもポケモンを集めたところでお金が儲かるわけではありません。言ってしまえば、意味のない行為です。

ポケモンが僕らに与えてくれるのは「負荷」です。平坦《へいたん》で便利になり過ぎた日常に「やらなければいけないこと」を与えてくれているのです。意味はなくとも、明確な目標が持てない今の時代に、とてもわかりやすい目標を提示してみせたのがポケモンGOだと思うのです。

こんな話を聞きました。奥さんが夜の公園にポケモンを探しに行きたいと言い出し、ひとりじゃ危ないからとダンナさんがついて行きました。ダンナさんはふと思いました。「夜の公園を二人で歩いたのは何年ぶりだろう」って。ポケモン探しに熱中するぐらいのことで、実は平和な世の中が維持できていると僕は思います。

（八月四日）

長万部の寮、自主性と知識の交流と

東京理科大学長万部《おしゃまんべ》キャンパスの三十年記念イベントで講演をしました。ここは基礎工学部の学生たちが一年次だけを過ごす全寮制のキャンパスだそうです。入学式は東京ですが、この学部生だけは途中退席し、父母に見送られる中、全員がバスに乗せられ、そのまま飛行機で北海道へ。長万部に着くころにはとっぷりと日が暮れて、四人相部屋の寮生活がその日からスタートするそうです。

不安でしょうね。その日に顔を合わせた人たちといきなりの共同生活。その上、長万部ですからね、かなり田舎ですよ。でもキャンパスは小高い丘の上にあり、目の前には噴火湾が広がり、遠くには駒ヶ岳が見え、設備は近代的。お風呂は天然温泉で、朝昼晩の三食ちゃんと大学内の食堂で用意されますから、勉強するには最高の環境です。

でもやっぱりね、僕には「学生たちを閉じ込めた」ような印象があったんです。で、聞いてみたんですよ「このキャンパスで一年間を過ごすことに、勉強以外でどんな効果があるんですか？」と。

まずは、共同生活をすることによって社会性が磨かれると。なるほどね、学生に限らず今は都会でひとり暮らしする人が多いですからね。いや応なしに他人と一緒に暮らす。それも街へ出て遊ぶなんてこともなかなかできない。バイトも禁止で、そうなるとヒマを持て余して必然的に友人たちと過ごす時間が濃密になる。まるで狭い車に閉じ込められて旅をする「水曜どうでしょう」の四人と同じ境遇です。

自主性も磨かれるそうです。なぜなら一年生しかいない、つまり先輩がいないんです。サークル活動をするにも行事をするにも、自分たちで立ち上げて運営していかなければならない。常に手探りで仲間と協力して前に進むしかない状況も、「水曜どうでしょう」と似ています。

一方、高齢化の進む町民にとって彼らの存在は絶大です。小中学校の生徒に理科を教え、地元の行事に参加し、逆に地元の人たちに海釣りや山登りを教えてもらいながら、自然の中で貴重な体験をしていく。

今回の講演では地方創生について話しました。どうしたらわが町に人を呼び込めるのかとみんな必死ですが、そもそもなぜ人を呼ばねばならないのか。そこを考えるべきだと。それは町にお金を落としてもらうためではありません。

人口の少ない町によそから人が来る最も重要な効果は、知識の交流が生まれることです。それによって、自分たちだけでは考えられなかった発想が生まれ、逆に自分たちがその町で蓄えてきた知識がよそへと伝わっていく。町がアカデミックに活性化していく。その結果として経済効果が生まれるのではないのでしょうかと。

学生たちは一年間を長万部で過ごし、翌年には東京へと旅立っていきます。でもここで過ごした一年間が忘れられず、今回のイベントにも多くの卒業生たちが集まって、地元の方々と交流していました。長万部町はまさに経済以上のアカデミックな効果を得ていると思いました。

（九月一日）

もがく時間が地方のチカラ

先週、鈴井さん、嬉野さんと三人で飲みました。「大河ドラマ『真田丸』の大泉さんはいいよねぇ」「最近は安田顕も俳優として引っ張りだこだよねぇ」と、『水曜どうでしょう』をともに作ってきたメンバーの話になり、「ローカル番組からこれだけ活躍する俳優が出ることはないよ」「すごい番組だよねぇ」と自画自賛しつつ、こんな話になりました。「もし僕らが北海道ではなく、東京にいたらこんな番組を作れただろうか?」と。

たぶん作れなかったと思います。東京のキー局で番組がヒットすれば、タレントはすぐに他の番組にも数多く出演するようになって、ひとつの番組に割く時間と労力は少なくなります。それは僕ら作り手も同じで、ヒットメーカーとしていくつもの番組を掛け持ちすることになり、多忙を極めることになる。

でもローカル局の場合、そもそも制作している番組の数が圧倒的に少ないので、いくらヒットしようと、そんなに多くの番組に呼ばれることもなく、多忙を極めるというわけでもありません。その結果、僕らは一九九六年から二〇〇二年まで、毎週レギュラー放送をしていた「水曜どうでしょう」というひとつの番組に全精力を傾けていました。そんなことは東京ではできません。ある意味とてもぜいたくなことです。

ただローカル局はキー局と違ってスタッフも少なく、予算もなく、ノウハウもない。だから僕らの番組作りは、まるで足場の悪い泥沼の中を、みんなで全力でもがいているようなものでした。

鈴井さんは、「水曜どうでしょう」が全国で知られるようになったころ、「東京で大泉さんを使って番組を企画してくれないか?」とあるところから依頼されたそうです。「なんでも用意しますから好きなことをやってください」と。

でもそのとき鈴井さんは思いました。「泥沼でもがいていた僕らが、足場のいいテーブルの上にきれいに用意されたもので面白いものは作れない」と。そう答え、番組の企画は自分から降りたそうです。

人も金もノウハウもない地方だからこそ、そこでもがいて産み出したものには、東京では作り出せないオリジナリティーがあるんです。必要なのは、全力でもがき苦しむ長い時間です。時間も労力もかけずに効率的に結果を出すことが最良のように言われていますが、それは人も金もノウハウもある東京での話です。

それを持ち合わせていない地方の人間に「早く結果を出せ」と言うのは、とても乱暴な話です。そこで出た「早急な結果」は、東京の模倣でしかありません。人も少ない、金もない、だけど時間だけはある、それこそが地方のチカラなのです。

大泉さんも安田さんも東京で活躍し、多忙を極めながらも、今も北海道のローカル番組を続けています。

それはたぶん、足場の悪い地方の泥沼で長い時間をかけてもがいて得たオリジナリティーを、ずっと自分の中に持ち続けるためだと僕は思っています。

（九月十五日）

新たな旅には「整理」が必要

久しぶりに会った中学の同級生が整理収納アドバイザーという仕事をしていまして。いろいろ話を聞いているうちに興味がわいて先日、東京で講習を受けて整理収納アドバイザー二級の資格を取ったんですよ。これ、ただ単に掃除が上手になるみたいな、そんな話ではなくて、考え方がとても面白いんです。

みなさん「整理」と「整頓」の違いってわかりますか？

簡単に言えば「整理」は不必要なモノを取り除くことで「整頓」はそこにあるモノをきれいにすることなんです。つまり「整理する」というのは「捨てる」という作業が主。捨てることさえできれば、家の中は簡単に片付くという単純なことなんです。

でもねぇ、そう簡単にモノを捨てられないでしょう？　だって日本人には「モッタイナイ精神」がありますからね。これは世界に誇る美徳ですから。着られなくなったシャツはぞうきんにする、コンビニの袋もデパートの紙袋もどっかにためておいて再利用する、ペットボトルだって紙パックだってアイデア次第でいろんなものに生まれ変わる。すぐに捨てちゃモッタイナイ。

でもねぇ、昔と違って今はモノがあふれているんですよ。値段も安くなってモノを手に入れることは簡単。その一方でゴミを出すには分別が必要だったり、手続きが必要だったり、捨てる作業は昔よりもずっと煩雑になっています。

こんな時代に「モッタイナイ精神」が働けば家の中はどうなります？　モノがあふれかえるに決まってます。

実際、モノが無かった時代を知っている高齢者の方々の家は今、モノに埋め尽くされてしまっているそうです。そんな方々が亡くなったあとに残されるのはほとんど使えないモノばかり。家族は膨大な遺品の整理にお金と労力をかけ、それこそモッタイナイ話です。今は「捨てる」ことを強く意識しなければ生活が立ち行かなくなる時代なのです。

モノを捨てられない理由は他にもあります。思い出です。みんなで旅行に行った時に買った思い出の品。子供が小学校の時に作った工作。カレシに買ってもらったペンダント。今や使えないモノだけど捨てられない。そんな思い出をどんどん押し入れに詰め込んでいくと、そこはもはや機能的な収納スペースではなくなり、生活空間を圧迫していく。

整理収納って、使うべきモノをすぐ使えるように準備し配置しておくことです。明日から旅行に行くとなれば、必要なものだけをカバンに収納するでしょう。あれと同じ。高齢者の方にとっては、黄泉の国に旅立つための準備も必要だし、私たちにとっては明日もちゃんと生活するための準備が必要。思い出はもちろん大切だけれど、少しずつ思い出も処分していかなければ、新たな旅には出られません。

そろそろ北海道は冬支度の準備に取りかかる時期ですね。これを機会に家の中のモノを見直してみて下さい。捨てるべきモノがいっぱいあるはずです。

（十月六日）

大雪の紅葉に涙、心救われた

初めて北海道を訪れたのは小学生の夏でした。道東の観光地も回りましたが、それより札幌時計台がこんな都会の中にあるのかとがっかりした記憶が鮮明に残っています。

次に来たのは高校三年のまだ真冬の三月、北大の入学試験です。凍り付くような寒さに耐えながら試験会場に入ると、今度はのぼせるような温かさ。試験中ずっと暖房器具がカチカチと鳴っていたのと、問題が難しくて「あ、こりゃダメだな」とあっさりと諦め、試験が終わった足でちょっとエッチな映画を見に行ったことだけは鮮明に覚えています。

案の定、不合格となり一年間の浪人生活の末、再挑戦で合格し、翌春札幌へとやって来ました。短い夏が終わり、北海道で初めての秋を迎えようとしていたある日のことです。一人で旭岳に行ったんですよ。たぶんテレビで大雪山系《だいせつ》で紅葉が始まるというニュースでも見たんでしょうね。「ほーこれは見ておこうかな」とバイクでふらりと出かけました。

旭岳に着くとロープウェー乗り場があって、だけど料金がちょっと高くて、「でもなぁ、せっかく来たんだからなぁ」と、頂上行きより安い途中駅までの切符を買い、乗り込みました。休日で込み合っていて、せっかくの景色もあまり見えません。途中駅に着き、すし詰めのロープウェーから出たのは僕一人。

さっきまで「わーきれい！」「すごい！」と騒いでいたおばちゃんたちの声が消え、風の音しか聞こえない静まり返った山の中に、僕だけが一人ぽつんと降り立ちました。そこで僕は生まれて初めての光景を目にしたんです。目に入るものすべてが赤と黄色で彩られた世界。見たこともないダイナミックな紅葉でした。

本州の秋は、じんわりと葉が色づき始めて、なんとなくその気配が忍び寄るような秋なんです。「ちいさい秋みつけた」って歌がありますけど、まさに見つけるような、感じ取るような秋なんです。でも旭岳の中腹で見た秋は驚くような鮮明さで目の前に現れて、僕は思わず「うわーっ！」と声をあげてしまいました。誰もいないから遠慮なく「うわーっ！」と声を出して。そうしたらなぜか涙が出ちゃったんですよね。悲しくて出るのはわかるけど、景色を見て涙が出たのは初めてのことです。

あの涙の意味を考えるとき、そこには開放感のようなものがあったんだと思うんです。自分の経験を超えた、あまりにも大きな自然の営みを目の当たりにしたとき、「なんて自分は小さいんだ」と思い知らされたような開放感。それは安心感と言い換えてもいいかもしれません。名古屋から北海道へとやってきて、新たな生活が始まり、少しずつ大人になろうとしているそのときに、目を見張るような赤と黄色だけに染まった大雪の山々に「おまえにはまだまだ知らない世界があるんだよ」と言われたような気がします。

生きていればね、日々不安なことはあるけれど、人間なんて意外とそんな風景の前で、簡単に心が救われるものだと思います。

（十月二十日）

ローカル局、独自の番組作りを

東京のＴＢＳ本社に全国から同社系列局の若手社員が集まる研修会がありまして、そこで講演をしたんです。ＨＴＢはテレビ朝日系列ですから他系列、それもローカル局の現役テレビマンが番組制作の講師をするのは初めてのことだったそうです。

タイトルは「水曜どうでしょうから学ぶこと」。昔と違って今やテレビ離れが進んでいると言われている中で、もはや系列が違うからと言っている場合じゃない、ライバル局であっても学ぶべきところは学ばないといけない、研修会の実行委員の方はそうおっしゃっていました。参加した若手の人を見回しますと、ほとんどがローカル局の社員でした。そこで僕はこんな話をしました。

全国に百三十近いテレビ局がありますが、キー局と呼ばれる東京のテレビ局はたったの五局。準キー局と呼ばれる大阪と名古屋を除いた百十局以上がローカル局なんです。つまり日本のテレビマンのほとんどが実はローカル局の人間。でも、ゴールデンタイムに流れている番組のほぼすべては東京で作られています。ドラマもバラエティーもスポーツも情報番組も、そのほとんどが。

だから、番組作りや成功のノウハウも東京で作られている。ドラマを作るならこれぐらいの規模の予算とスタッフが必要で、主役の俳優はこんな人で、バラエティーを作るなら人気の芸人さんをメインに据えて、ゲストを呼ぶならこんな人で……。そんなセオリーがみなさんの頭の中を占めてしまっているんです。

でもローカル局には予算も人員も少なく、人気タレントもいません。それなのにセオリーばかり追うから無理が生じるんです。その結果、作られる番組のほとんどが東京の縮小版で終わってしまっている。

百十以上もあるローカル局から、東京の番組に匹敵するおもしろい番組がほとんど生まれない要因はそこにあるんじゃないでしょうか。まずは東京のセオリーに毒されている頭の中をリセットして、現有戦力で戦える自分たちなりのセオリーを考えて作らないと、ローカル局に独創的な番組は生まれないと思います。

一方で、ローカル局には「地域密着」「地元重視」という強みがあります。でも本当にそれを強みとして番組を作っているでしょうか。スタジオセットもリポーターのしゃべり方も番組の構成も、番組作りのセオリーは相変わらず東京のまねをして、扱うネタだけを地元ネタにすり替える、というやり方で番組を作っていないでしょうか。それは視聴者からすれば結局、東京の番組のスケールダウンでしかありません。

「水曜どうでしょう」は、東京の番組作りのセオリーを無視して、当時無名の大学生だった大泉洋さんを起用し、ローカル局の常識を無視して、日本全国、世界各国でロケをしました。

実はローカル局には番組作りのセオリーがなく、それぞれの地方で独自のセオリーを作り上げていく自由さが、まだまだあるのです。ローカル局での番組作りは、だからおもしろいと僕は思います。

（十一月三日）

「痔」明かす葛藤、心が届いた

あの、こんなこと朝日の紙上で言うことじゃないんですけど、私ね「痔《じ》」なんですよ。もうかれこれ十年ぐらいになりますかね。症状としては出血があるんですよ。「切れ痔」というやつでね。だからその、温水洗浄便座は必需品で、常に「強」で使用し、紙は水滴を拭くだけみたいなやり方でずっとやってきたんですけど、それがかえって痔を悪化させるみたいなんですね。

知らなかったですよ、そんなこと。肛門科の先生に言われて初めて気がついたんです。というのも私、十年目にしてようやく肛門科に通い始めたんです。そして先月ついに痔の手術をしたんです。それがもう痛くて痛くて。いや、だってね……

——という話を長々と自分のフェイスブックに書いたら、読んだ人たちから「すいません！　大変だったことはわかるんですけど、つい爆笑しました！」というコメントが次々に寄せられ、とにかく好評だったんです。

その話を聞いた同僚の嬉野さんが言いました。「それこそが『商売』なんですよ！」と。私も「なるほどな」と思いました。

「痔」ってね、ちょっと恥ずかしいじゃないですか。「いやぁー最近、頭痛がひどくて」なんてことはあいさつ代わりに言えるんですけど、「いやぁー最近、肛門がひどくて」なんて人前で言えないですもん。もし何かの拍子でバレたら「いやいや、たいしたことないんですよ！」ってごまかそうとする。

でも「恥ずかしながら実は……」って頭をかきながら正直に言われると、たいていの人の心は動きます。痔の人との間になんらかの心のやりとりが生まれます。「頭痛」はあいさつ代わりにしか機能しないのに。なぜでしょう？

それは、口に出すまでの葛藤がないからです。頭痛の人が「眠れないぐらい痛いんです！」と心から訴えても、相手は「大変ですね、お大事に……」としか返せません。一方的に伝えている行為にしかならない。「こんにちは」と言われたら「こんにちは」と返すのと同じで、それ以上のやりとりは生まれません。

「商売」とは「やりとり」です。自分が持っているものを、相手に持ち帰ってもらうというやりとり。持ち帰ってもらうためには、なんらかの付加価値が必要です。「がんばって安くしました」というのも「材料にこだわりました」というのも付加価値でしょう。安くするにしても材料にこだわるにしても、そこには自分が身を切る葛藤があります。その葛藤が伝わった時に相手はそれを持ち帰ることができるんです。

最初に僕の痔の話で申し訳なかったんですけど、そこには「恥ずかしさ」という葛藤がありました。フェイスブックでそこを包み隠さず書いたから、いろんな人に届いたんでしょうね。

きれいな包装紙に包むのだけが商売ではなく、「恥ずかしながら」とむき出しで商品を売るのだって立派な商売になるんです。そう考えると、まだまだいろんなものが商品になると僕は思います。

（十一月十七日）

社会広げるネットの力に期待

「水曜どうでしょう」が最高視聴率一八・六パーセントを取ったのは一九九九年十二月八日のことでした。十七年前のその夜、数十万人の道民が「どうでしょう」を観ていたことになります。

しかしこの頃から、携帯電話にメール機能が付いて、テレビ離れが進みつつありました。どうでしょうＤＶＤの発売を開始したのは二〇〇三年。全国で三万枚が売れました。

当時から家庭でも放送番組を手軽に録画でき、インターネットも急速に広まっていました。今はスマホで動画も観られる時代となり、テレビ離れはさらに進行しています。

思えば番組がスタートした九六年からのこの二十年でネットワーク機能が飛躍的な発展を遂げた一方、テレビの力は衰退し、ローカル局は存亡の危機すら叫ばれています。でも「水曜どうでしょう」は最高視聴率を取った同じ年から道外での放送が始まり、インターネット放送にも着手して全国にファンを増やしました。

そして今年、ＤＶＤの総売り上げは四百万枚を突破。もし道内だけの放送にとどまっていたらこの結果はなかったでしょう。テレビにとってこの二十年は逆風でしたが、ローカル局で番組を作る僕らにとっては、録画機能の発達もインターネットの普及も、全国の人に知ってもらう有効な手段だったのです。

インターネットによって、個人の意見を世界に発信できるとか、企業が世界規模で事業を展開できるとか、いわゆるグローバルな時代になりました。とはいえ小さな企業が世界進出するためには、今までのやり方を変えて世界基準に合わせることが必要だろうし、個人だって中身ある意見じゃないと世界に振り向いてもらえないだろうし、そんなに簡単な話じゃありません。

でもね、僕はネットによってもたらされるチャンスを、もっと身近にこうとらえているんです。「近所に友達が一人しかいなかったけれど、学校に行くと五人になった。

それがもっと増える手段」と。つまり「別に自分を変えなくても、社会が広がれば友達と思ってくれる人が増えるでしょ？」という考え方です。

「水曜どうでしょう」は、ネットの力で社会を広げました。でも番組の作り方は一切変えずに「それでもいいよ」と言ってくれる友達に直接ＤＶＤを買ってもらいました。

数十万人の道民に観てもらえた「水曜どうでしょう」ですが、道内で売れたＤＶＤは数千枚で、全国では三万枚が売れました。売上額は一億二千万円。いくら道内で高視聴率を取っても、こんな売上額にはなりません。ネットにはそんな力があるんです。

先月、ＨＴＢのサイトに嬉野さんと二人で月額千円の動画チャンネルを立ち上げました。加入してくれた人たちと日々フェイスブックで個人的なやりとりをしながら動画を制作しています。ネット上に無料動画があふれている時代ですから、まだ数百人しか加入者はいませんが、ここではスポンサーに頼らず、自給自足で試行錯誤しながらモノ作りに向き合えるような気がしているんです。

（十二月一日）

雪かきも仕事も、美しく楽しく

先週土曜日の札幌は十二月上旬としては記録的な大雪となりました。自宅の駐車場の車が昼過ぎにはすっかり埋もれてしまって「よし！　やるか」と、勇んで外に出ました。僕は雪かきをウィンタースポーツと思っておりまして、家族からは「雪カキーヤー」と呼ばれています。

玄関を出て、目の前から順番に、なるべく雪を踏まないようゆっくりとやっていきます。踏むと雪が固まってしまいますからね。フワッとした雪なら力を入れずに撥《は》ねることができます。そうやって少しずつ駐車場までの道を作っていきます。

駐車場にはもう五〇センチほど積もっていたでしょうか。そこにあるはずの車の姿は見えず、大きなかまくらみたいになってます。少しばかり途方に暮れますが、先のことは考えず目の前の雪だけを見て、なるべく力を使わないように、上の方のフワッとした雪を少しずつ撥ねていきます。

一気にやろうとはしません。少しずつです。少しずつですけど着実に雪はなくなっていきます。大部分の雪は庭に跳ね上げ、スペースがいっぱいになったら家の前にスロープを作って積んでいきます。二時間ぐらいやりましたかね、駐車場から雪はなくなりました。

好きとはいえ、雪かきってやっぱり大変ですよ。大変だからこそ、札幌に一軒家を買った時に、それをなんとか楽しみに変えようと思ったんですよね。近所の人を見ていると、若い人の雪かきは楽しそうじゃないんです。

とてもせっかちで「とにかく早く終わらせて車を出さないと」って、それしか考えてなくて、苦しそうにしか見えない。

でも、おじいさん、おばあさんの雪かきはとてもゆっくりで着実で、そして出来栄えが美しいんです。「僕も見習おう」と思ってやっているうちに楽しくなってきたんですよ。楽しいから別に二時間やっても苦にはならない。きれいに除雪された駐車場を見て「よしよし」と、しばし満足感に浸るんです。

これって、仕事も同じだと思うんですよね。「とにかく早く終わらせて結果を出さないと」って、それしか考えていない人は、仕事が楽しそうじゃない。苦しそうに見える。そんな仕事のやり方を強要している会社が「ブラック企業」というやつだと僕は思うんです。そんな会社の仕事はやっぱり美しくないです。

もちろん若い頃は僕だって「仕事を早く終わらせよう」って、それしか考えていなかったです。

でもね、歳《とし》を重ね、経験を重ねていく中で、僕は自分のペースで仕事をするようにしました。他の人からはわがままに思われた時期もあったでしょうけど、でもそうするとね、仕事が苦にならなくなったんです。

記録的な大雪となったその日、二時間の雪かきの後、休日出勤して仕事をしました。やっぱりね、雪かきも仕事も美しく仕上げたいですから。もうこの歳になったら焦らずにゆっくりと、自分のペースで仕事をやっている姿を見せるのが、中高年サラリーマンの務めだと思います。

（十二月十五日）

本書は、朝日新聞北海道版に二〇一四年六月五日から二〇一六年十二月十五日まで連載されたものに加筆修正をしたものです。本エッセイは現在も連載中です。

装丁　r2（下川恵・片山明子）

藤村忠寿（ふじむら ただひさ）
1965年生まれ、愛知県出身。90年に北海道テレビ放送入社。東京支社で編成業務部を経て95年に本社の制作部に異動、「水曜どうでしょう」の前身番組「モザイクな夜V3」の制作チームに配属。96年、チーフディレクターとして「水曜どうでしょう」を立ち上げる。番組のディレクションのほか、ナレーターとしても登場。愛称は「藤やん」。著書に『けもの道』(KADOKAWA)、共著に『仕事論』（総合法令出版）など。

笑《わら》ってる場合《ばあい》かヒゲ　水曜《すいよう》どうでしょう的思考《てきしこう》1

2020年1月30日　第1刷発行

著　　者　藤村忠寿
発 行 者　三宮博信
発 行 所　朝日新聞出版
〒104-8011　東京都中央区築地5-3-2
電話　03-5541-8832（編集）
03-5540-7793（販売）

印刷製本　中央精版印刷株式会社

ISBN978-4-02-251657-2
定価はカバーに表示してあります